仲間が強すぎてやることがないので全員追放します。
え？パーティーに戻りたいと言われてもまだ早い
縁日夕
YU ENNICHI
画：きんし
KINSHI
一迅社ノベルス

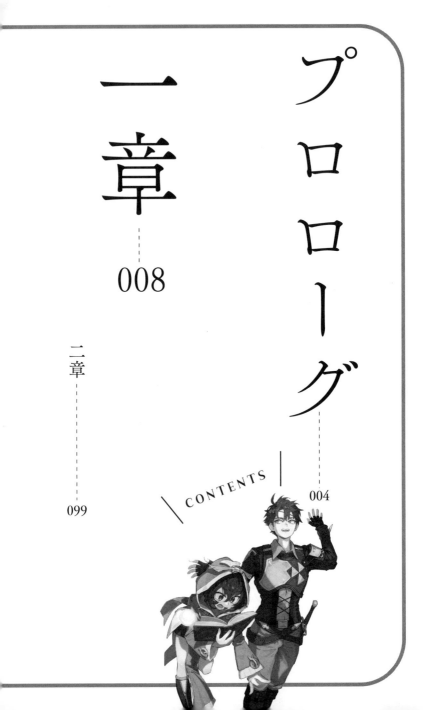

CONTENTS

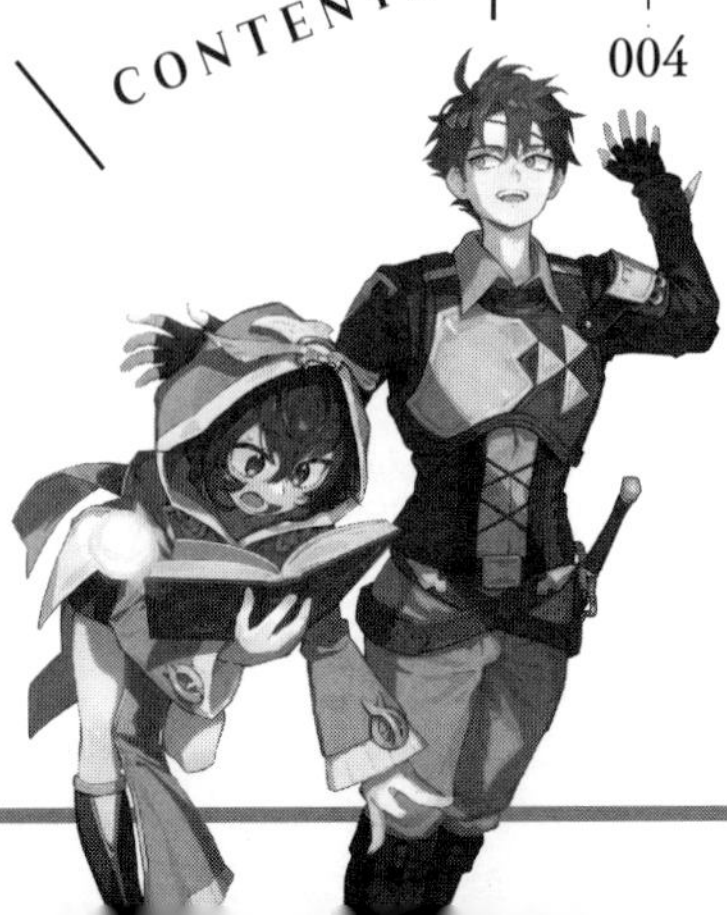

プロローグ
prologue

眼前に迫る巨大な影。

頭の位置が優に五メートルは超えるであろうそいつは、ふたつの首を持つ巨大な蛇だった。上体を起こしただけでこれだ、もはや全長がどうであるかは想像もつかない。他の魔物と一線を画すそいつはただの魔物ではなく、この迷宮《ダンジョン》において稀《まれ》に出現する特異個体《ユニークモンスター》だ。

そいつはこちらを認識するや否や、その巨体に似合わぬスピードで襲い掛かってくる。俺は剣を片手に迎撃の構えをとっているが、普通に考えればこのサイズ相手にまともに受け止めてはひとたまりもないだろう。

だが双頭の蛇は俺のことを吹き飛ばすことは叶《かな》わず、むしろ逆にその巨躯《きょく》を大きく弾《はじ》かれていた。

俺がその剣で弾いたから——ではない。

俺と蛇の間は光の壁によって遮られていた。

蛇はそれに阻まれたというわけだ。

壁を打ち破らんと、体当たりを繰り返す蛇。しかし壁の強度は尋常ではなく、一向に壊れる気配はない。

なおも壁と格闘する蛇に無数の矢が降り注ぎ、そいつは苦し気にその身を捩《よじ》った。

そんな蛇に追い打ちをかけるように、更なる不幸が襲い掛かる。

特大の火球が飛来し、その身を容赦なく焼き尽くしたのだ。

双頭の蛇はそれらの技になすすべなく斃《たお》れる。

剣士として前衛を務める俺は何もすることがないままに戦闘は終了した。

「いっちょ上がりっすね！」

「他愛《たわい》もなかったわね」

「皆さんお怪我はありませんか？」

虚しい気持ちを胸に蛇の亡骸《なきがら》を見つめる俺のもとに三人の人影が近寄ってくる。

彼らは俺とパーティーを組む仲間であり、今しがたこの蛇の攻撃を防ぎ、倒した張本人たちである。

「アデムさん、どうしたんですか？　もしかしてどこか怪我を……？」

「……いや、おかげで無傷だ。ありがとう」

無言の俺を心配して声をかけてきたのは、先ほど光の壁を操っていたホムラ。やや幼げな顔立ちに、小柄な体躯の愛らしい女の子だ。

ホムラは俺が無傷だと知ると、安心したように微笑《ほほえ》んだ。

「あ、でもそこちょっと擦りむいてますね」

「ん？　あぁ、気づかないうちにどこかにぶつけてたかな」

「任せてください！」

「え？」

「【アークヒール】！」

ホムラはおもむろに僧侶の最上級治癒魔法をかけてきた。

「えっ……」

「これで治りました！」

満面の笑みが眩《まぶ》しいが、やっていることは正気の沙汰《さた》ではない。【アークヒール】なんて使えるやつはそうそういない上に、一回の行使でも相当の消耗がある魔法だ。間違ってもちょっとした擦り傷なんぞに使っていい魔法ではない。

「……あ、ありがとう……？」

ずい、と寄せられた頭をつい反射的に撫《な》でながら礼を言うと、ホムラはますます相好《そうごう》を崩した。

「ホムラは心配性よね。こんな雑魚《ざこ》じゃアデムさんに傷なんて負わせられないわよ」

何を根拠にしているのか、そんなことを言うのは弓を携えたスレンダーな女性だった。彼女の名はエルシャ。パーティーで狩人を務め、蛇をハリネズミのようにしたのは彼女だ。

「あの程度じゃアデムさんが相手するまでもないって感じっす」

最後に、やや軽薄さを感じさせる口調の彼は、火球で蛇にとどめを刺した魔術師のゲルド。

俺が相手するまでもないっていうか、多分俺が一番相応《ふさわ》しい相手だったと思われる。

俺は分不相応な相手に消し炭にされてしまった蛇の亡骸を再度見やり、内心で合掌した。

「とにかく先に進みましょう。この様子ならこの先もたかが知れているけれど」

「行くっす！」

「はい！」

「……」

俺、アデム・アルデモルトは冒険者だ。

そんな俺には今、悩みがある。

パーティーメンバーが強すぎて、俺のやることがねえ!!

一章 Chapter 1

迷宮《ダンジョン》都市タンデム。

数多《あまた》の宝物と危険なモンスターを携えこの世界に突如現れる不可思議な存在、迷宮。タンデムはそんな迷宮を数多く抱える都市だ。

天高く聳《そび》え立つ迷宮、通称〝塔〟を中心として栄えるタンデムには迷宮を攻略することで生計を立てる、あるいは一攫千金《いっかくせんきん》を目指す者たち、冒険者が集《つど》い、混沌《こんとん》としつつも活気に満ちた賑《にぎ》やかな場所となっていた。

ゆえにここは迷宮都市であると同時に、冒険者都市でもあるといえよう。

この街で暮らしていれば、否が応でも日々華々しい活躍をする冒険者の話を耳にすることとなる。

その都市で生まれ育った俺、アデムが冒険者に強い憧れを抱き、それを目指すのは極々自然な流れだろう。

幼少よりその夢を追い始めた俺は、とにかくがむしゃらに努力した。引っ込み思案な幼馴染《おさななじ》みを巻き込み、今思えばどうかしていたんじゃないかというほど頑張った。

子どもながらに伝手《つて》という伝手を使いつくし、様々な職《ジョブ》の冒険者の元を訪ね教えを請うた。もちろん教えてくれと言って、はい分かったとはまずならず門前払いは日常茶飯事だったが、それでもめげずにしつこく毎日のように教えを請い続けた。

結果として大抵の者たちは最終的に折れて、その技術や知識を教えてくれた。

俺はそれらを幼馴染みと共に片っ端から覚え、完全に己のものとしていった。

勢い余ってほぼすべての職についてその造詣《ぞうけい》を完璧にした俺は、職を得られる年齢を待つのみとなる。その間にも冒険者に関わることは何でも調べた。

職は天与の魔法を使える人間、天与師に希望する職の加護を授けてもらうことで得るのだが、天与師というのは現状、国が管理しており、正式な手続きを踏まなければ基本的には職を得たり変更することはできない。

年齢に関しても十二歳以上と定められており、俺は素直にそれを待った。

しかし、いざその年齢になり職を授かる段階で、ある致命的な欠陥が判明したのだ。

俺には極端なほどに魔力が備わっていなかったのだ。

魔法職はもちろん、近接職ですら魔力なしには戦えない。

技を使うのにも、身体能力を底上げするのにも魔力は無くてはならないものだ。

魔力の総量を成長させることはできるが、それは基本的に微々たるものだ。それが俺の場合どうだったかは言うまでもない。

技術も理論も完璧にした。しかしそれを形作るために最も必要なものが俺には欠けていたのだ。

俺は深く絶望した。

ただ、それでも俺は諦められなかった。

片端から職を授かり、次々転職を重ね、自分でも冒険者をできないか躍起になって模索し続けた。

既存の術式をより小さな魔力で発動できるように改造したり、消費したそばから魔力を吸収、生成できる術式を編み出したり、とにかくできることはすべて試した。

幸いにして幼馴染みは欠陥などなく、むしろ人並み外れてさえいたので術式の試用などを協力してもらった。

そうして神託によってのみ得られる一部の特殊なものを除いたすべての職を試した末に、俺は剣士を選択した。

最もオーソドックスな近接職である剣士が一番魔力の総量に依存することなく、かろうじて自分でも冒険者としてやっていける職だと判断したからだ。

それに、俺にはひとつの希望もあった。

迷宮には様々な宝物がある。その中には、人知の及ばぬ遺物《アーティファクト》なども含まれるのだ。

そういった遺物の中に、もしかしたら俺の魔力の少なさという欠陥を解決できるものがあるかもしれない。

まだ、諦められない。その一心で俺は冒険者となった。

◆

「いやー、楽勝だったっすね！」

「本当、ちょっとやりがいないくらいね」

「皆さん、お怪我がなくてよかったです」

「……」

危なげなく迷宮を攻略した帰り道、仲間たちは特に疲労した様子もなく余裕綽々《しゃくしゃく》といった感じだ。

俺はというと、同様に疲れていないが、仲間たちが力量的に文字通り余裕であったからなのに対し、そもそもほとんど何もしていないからだ。

より正確にいうなら、何もさせてもらえなかった。遭遇するモンスターのことごとくはゲルドとエルシャが出合い頭に瞬殺してしまう。稀《まれ》に先手を取られて飛んでくる攻撃も、ホムラが防御魔法で完全に防いでしまうので、まず当たらない。結果として、このパーティーにおける唯一の近接職、剣士である俺は何もすることがなくなってしまった。

どうしてこんなことになってしまったのだろうか。彼らとパーティーを組むようになってまだ一年ほどだが、当初はこんな出鱈目《でたらめ》な強さはしていなかった。それどころか、むしろ彼らは他の冒険者に比べても頼りないくらいだったのに。

だが、教えられる範囲のことを教えているうちに彼らはどんどん成長し、今ではこの有様だ。何というか、誰かさんの時のことを彷彿《ほうふつ》とさせる……。

「この調子ならA等級《ランク》に上がるのも時間の問題かもしれないわね」

「おぉ、いよいよ天下にアデムさんの名が轟《とどろ》くわけっすね！」

Ａ等級。それは冒険者ギルドにおける実質的な最上級に位置する位だ。一応その上にＳ等級が設けられているが、一部特例を除き、余程大きな功績を打ち立てなければ到達することはなく、相応の実力以上にそういった案件に立ち会える運も絡んでくる。だが、こいつらであればＡ等級といわずにたとえＳ等級であっても、その機会さえあれば到達してしまえるのではないだろうか。

Ｓ等級冒険者。〝塔〟への挑戦権が得られる全冒険者の憧れ。果たして俺にそれだけの力があるだろうか？　Ｓ等級どころか、この先Ａ等級相応の迷宮でついていけるのか。というか俺の力は必要だろうか。

答えは否《いな》である。この先俺はきっと、彼らの足を引っ張ってしまうだろう。何より、彼らと共に冒険をしていても俺は強くなれない。

「そうだ、前祝いってことで今日はパーっとやらないっすか！」

「前祝いって……ゲルド、あなた、ただ騒ぎたいだけでしょう」

「いやぁ……まあそれもあるっす！」

「あはは、まあいいじゃないですか、最近はあんまり騒げていませんでしたし。ね、アデムさん？」

「ん？　あ、ああそうだな」

彼らは俺のことを何故かやたらと過大評価し、慕ってくれている節があるが、このままの関係はきっとお互いにとってよくないだろう。

俺は内心で静かに決意を固めた。

◆

「俺はパーティーを抜けようと思う」

俺の放った一言によって、宴の席は静まり返った。食堂でも特ににぎやかだった一角における異変に、周囲の客が何事かと様子を窺《うかが》う。

「え、ど、どういう意味っすか……？　な、なんかの冗談っすよね……？」

恐る恐る口を開くゲルド。

「冗談じゃない。もう一度言うが俺はパーティーを抜けたい」

「ちょ、ちょっと！　急すぎるわよ！　私たち何か悪いことしたっ？」

エルシャが思わず立ち上がって声を上げた。ホムラは未《いま》だ衝撃から立ち直れないのか、ポカンとした表情のまま固まっている。

「いや、お前らが悪いんじゃない。強《し》いて言うなら俺の不甲斐《ふがい》なさが原因だ。……何にせよこのままではお互いにとって良くないと判断した。勝手ですまない」

「……っ」

エルシャが何か言おうと口を開くが、上手《うま》く言葉が出ないのか、すぐに口を閉じて唇を噛《か》んだ。

「り、理由！　もっとちゃんと説明してください！　でないとこんな……納得できません！」

涙目でそう訴えてくるのは、放心状態から立ち直ったホムラだった。その様子には、少なからず心が痛む。

「……甘えを断ち切るためだ。このままじゃ……ただの足手まといにもなりかねない」

「……!!」

そう、足手まといだ。改めて自分で口に出すその言葉は想像以上に苦々しかった。こいつらは既に国でも最高峰の実力に迫っている。もう少し実戦での経験さえ積めば誰もが認める最強パーティーとなれるはずだ。そこに今の俺は相応しくない。

俺の言葉に、パーティーの面々はより一層沈痛な面持《おもも》ちになった。それはそうだ。信じてついてきたリーダーがこの様《ざま》なのだ。情けなくてとても見てられないだろう。

「で、でもやっぱり納得できません……！　だ、ダメです！　絶対ダメです！」

しばらく黙っていると、耐えかねたという風にとうとうホムラが泣き出してしまった。

他のふたりも責めるような、それでいて縋《すが》るような視線を向けてくる。

何とも言えない居たたまれなさに俺はたじろぐが、翻意のつもりはない。俺は意を決して口を開いた。

「……分かった。なら、お前らはこのパーティーを追放だ。リーダーは俺なんだ、文句はないな？」

あえて選んだ、突き放すような強い言葉。

ホムラは目を見開いたかと思うと、顔を蒼白《そうはく》にさせて俯《うつむ》いた。か細く漏れる啜《すす》り泣きの声に、喉元まで出かかった撤回の言葉を必死に飲み込む。

「……もし」

しばしの沈黙を破ったのはゲルドだった。

「今よりもっと強くなれたら、また俺たちと組んでくれるっすか？」

エルシャもこちらをじっと見つめる。俺がもっと強くなれた時、か……。考えるまでもなく答えは決まっていた。

「……ああ、その時は喜んで。むしろこちらからよろしく頼みたい」

「！」

俺の言葉にふたりが顔を輝かせる。

俺は涙が出そうだった。こんな身勝手で不甲斐ない俺をメンバーは待っていてくれるのだという。きっと、きっと彼らに恥じない実力を身に付けることを俺は心に誓った。

「俺たち、きっともっと強くなるっす！　だから待っててくださいっす！」

「お、おう？」

そういって強く頷《うなず》くふたり。……いや、流石《さすが》にそんな気合入れてそっちも強くなってたら追いつけるか分からないというか……。

「よっしゃ、そうなったら今日はひとまず最後の祝勝会っす！　大いに騒ぐっすよ！」

「……ええ、そうね。いつまでもクヨクヨしてたらリーダーも困るわよね。ほら、ホムラも」

エルシャに促されてホムラが顔を上げる。幾分か血の気は戻ってきているが、その目は赤く、今も涙が流れている。

「うう……。アデムさん、わたし、わだじぃっ……！」

「あーもう、ほら泣き止んでってば、よしよし。今生の別れってわけじゃないんだから……」

「とにかく、今夜は飲むっすよ！　もっと盛り上げるっす!!」

俺の小さな戸惑いは彼らに届くことはなく、少しだけ元気を取り戻した皆が仕切り直す宴の喧騒《けんそう》にかき消されていったのだった。

◆

「あれ、今日はアデムさんはご一緒ではないんですね」

その日の早朝、冒険者ギルドの受付に立っていた職員、カリネはとあるパーティーの日常と異なる光景を目にし、思わずその疑問を口に出した。

彼らは現在、結成されて一年ほどとまだ日が浅く、メンバーも若い面々ながら異例の速度で昇格を続ける新進気鋭のパーティーだ。魔法使いのゲルド、狩人のエルシャ、僧侶のホムラ、そして彼ら三人を率いるリーダーの剣士アデム。バランスの良い構成だ。強いて言うならあとひとりほど前衛がいてもいいかもしれないが、そこはパーティー唯一の前衛職であるリーダーの手腕なのだろう、その点の問題は聞かない。

とにもかくにも、この今話題のパーティーの仲の良さはギルド職員内でも有名であり、特にメンバーのアデムへの信頼は篤い。平時であれば、だいたい全員揃《そろ》っているか、アデムと誰かの組み合わせなのだが、今日は珍しいことにアデムだけがいない。

「その件なのだけれど、私たちパーティーを解散することになったの」

「解散って……え、えぇぇ⁉」

神妙な顔で告げられた言葉に思わず大声が出る。あれだけ関係もよく、実績も積み上げつつあるパーティーが何故突然？　しかも彼らはもう少しでA等級に到達するという段階だ。

「ど、どういうことですか？」

カリネが動揺しながらもそう問いかけると、やや表情を曇らせながら、ぽつぽつと事情を語り始めた。

「俺たちの力不足っす……」

「私たち、今までアデムさんを頼りすぎていたから……」

「それはどういう……」

「今までアデムさんは私たちに合わせて冒険をしてくれていました。そのことに甘えて、私たちは今まで何でもアデムさんに任せてたから……だからきっと愛想を尽かされたんです……」

震える声のホムラは、今にも泣き出してしまいそうだ。

「思えば、アデムさんがあまり稽古《けいこ》をつけてくれなくなったのも、私たちが自分の力で強くなるのを期待していたからなのかもしれないわ……」

エルシャは多分に後悔を含んだ声音でそう言う。実際はアデムが教えられるようなことはとっくの昔になく、稽古をつけたところで、「まぁ……いいんじゃないか？」くらいしか言えなくなっただけなのだが。

「アデムさん一人ならもっと上にだって行けるっす。でも俺たちが足を引っ張ってしまってたっす……。だから、俺たちは一度アデムさんから離れて自分を鍛え直すっす！」

「なるほど……？」

どうにも要領を得ないところがあるが、ようは親離れのようなことだろうか。元々アデムは一人で活動することの多い冒険者だったのが、問題を抱えていた彼らの面倒を見るようになってから正式なパーティーを組んだのだ。それで、それぞれがもう一人でもやっていけるようになったと判断し、次は自分に頼らなくともやっていけるように一度パーティーを解散、とそんなところだろう。

ははぁ、とカリネは小さく感嘆の息を漏らした。流石はアデムさんだ、と。

このカリネという受付嬢、アデムとそこそこ付き合いが長い。ギルド職員として働き始めの頃、何かと上手くいかずに思い悩んでいた時、アドバイスをくれたり、相談に乗ってもらったりしていたのだ。

彼は人にものを教えるのが上手く、知識も豊富だった。冒険に関わることはもちろん、何故かギルド職員の業務に関しても妙に詳しく、同様にアデムに助けられた職員や冒険者も多かった。面倒見のいい彼は他のギルド職員内での評判もいい。

ただ、アデムが冒険者として明確に迷宮探索で活躍し始めたのは彼らとパーティーを組み始めてからのことなのでカリネとしては思うところもあるのだが、自分が何か口を出すことでもないと判断し、自身の業務を果たすことにする。

「ところで、パーティーの解散後は皆さんどうなさるんですか？」

「ひとまず私たち三人は一緒に活動を続けようと思うのだけど……」

「俺たち、三人とも後衛職っすからね」

「はい、なのでまずは誰か前衛職の方を探そうかと」

「なるほど……。ではパーティーを探している前衛職の方を何人かご紹介させていただきますね」

「ええ、お願いするわ」

パーティー解散の手続きを終えた三人に先ほどまでの憂いは既になく、その瞳には確かな決意の火が宿っていた。

◆

「あ、アデムさん。おはようございます」

「おう、おはよう。カリネ」

パーティー解散の手続きをするため昼前に訪れたギルドの受付で、馴染みの職員に声をかけられた。

「つい先ほどメンバーの方々がいらしてましたよ」

「あれ、そうなのか。ということは……」

「はい、解散の手続きをされていきました」

先に済ましておいてくれたのか。いつも手続きだなんだということは俺が率先してやっていたから、なんだか新鮮な気分だ。同時に、これが最後だと思うと一抹の寂しさも覚えた。

「皆さんは新しい前衛職を加えてパーティー活動を続けるとのことでしたが、アデムさんはどうされますか？」

「ん、いや、特には考えていないが……そうだな、しばらくはまたひとりでやるとするよ」

そう言い残して受付を離れる。

もとよりパーティーも成り行きで組んだものだ。それがまたひとりに戻るだけだ。

あとまあ、昨日の今日で新しいパーティーにというのも、なんかねぇ？　ちょっとあいつらに申し訳ないというか。

ともあれ目的は既に達せられてしまっていたわけだが、このまま何もせずに帰るのも何だな……。

適当に依頼でも取ろうかと考えていた時、賑やかなギルド内にひと際大きな叫び声が響き渡った。

「エド！　どういうことだッ⁉」

騒ぎのもとは先ほどまで俺がいたのとは別の受付窓口の前だった。様子を窺う野次馬に交じって俺も踵《きびす》を返して静観する。

「どうしたもこうしたもないさ。お前とのパーティーを解消したって言ったんだ」

「だから、それがどういうことか僕は聞いているんだ！」

受付前には四人の人影。

その中で、目深《まぶか》にフードを被《かぶ》った小柄な少年と、今しがたエドと呼ばれた青年が何事か言い合いをしている。

どうやらパーティー内での不和か何からしい。ギルド内での騒ぎなどさして珍しいわけでもないが、しかしパーティー解散がどうのとは俺にとっては何ともタイムリーな話だ。

「あのな、リンファ。皆お前にはもうついていけないんだよ」

エドの言葉に、パーティーメンバーであろう他のふたりが控えめな頷きを返す。

「ッ！　おい‼」

リンファと呼ばれた彼は、フードで表情が窺い知れなくてもその激情が伝わる挙動でふたりに詰め寄ろうとする。

「やめろ！」

「ッ……！」

が、エドがその間に割り込むことで止められた。

「……そういうところだよ。とにかく、もうパーティー登録は解消した。それで話は終わりだ」

「…………」

拳を握りしめ何も言わなくなった少年を尻目に、青年らは一瞥《いちべつ》もくれることはなくギルドから去っていった。受付の職員は困り顔だ。

後に残されたのは項垂《うなだ》れたままの彼だけだった。

しばらくの間は皆遠巻きに憐憫《れんびん》、嘲笑、奇異、様々な視線を向けるのみであったが、彼の立つ場所は受付の前だ。用がある者にとっては邪魔でしかないだろう。

「おいあんた、心中は察するけどよぉ……ちょっとどいちゃくれないか」

間もなく、しびれを切らした冒険者の男が彼に声をかけた。

「…………」

「チッ、おい聞いてんのか」

それでも反応のない少年にいら立った冒険者が、彼をやや手荒に押しのける。

「ッ……」

たやすくバランスを崩した彼はそのまま尻餅をついた。そこまで力をいれたつもりはなかったのか男は少し驚いた表情をしたが、なおも反応がない様子を見るとすぐに興味を失ったように受付で会話をし始めた。

……ずっとそこでへたり込んでいるつもりなのだろうか。他の冒険者はもちろんだが、ギルドの職員も彼に関わるつもりはないようだ。別にギルド内で暴れているわけでもなければ不干渉らしい。

俺だってわざわざ面倒事に首を突っ込みたいとは思わないし、当然の対応か。

そう、関わるべきではないしその必要もない。ない、のだが……。

「……はぁ」

俺はひとつため息をつくと、未だ動く気配のない少年のもとへ足を進めた。

少年に近寄った俺は声をかける。

「おい、大丈夫か？」

「……」

「んなとこでへたり込んでたらそのうち蹴っ飛ばされちまうぞ」

「……」

「とりあえず立てって……」

俺がもう強引に立ち上がらせようと腕を掴《つか》むと、少年はようやく反応を示し、手を振り払ってきた。

「……ッ‼」

「放っておいてくれ！」

「あのなぁ……せめて別のとこでやろうぜ。迷惑だろ」

俺の言葉に少年はギリ、と歯を軋《きし》らせる。意地になっているのか、なおも立つ気配はない。

子どもかよ……。いや実際まだ子どもか。体格的にも、声音的にも。

こうして反応はしたのだし、俺が立ち去ればいずれ彼も立ち上がるのかもしれないが、もうなんだか面倒臭くなってきてしまった。

「うわっ……！　お、おい、なにする……⁉」

俺は少年の首根っこを掴んで持ち上げた。当然ジタバタと抵抗されるがお構いなしだ。

「こらこら暴れんな」

そのままギルド内に併設された食堂に連れていき、手近なソファーに放って、俺自身も隣に座った。

「きゃっ……お前ッ、何のつもりだ⁉」

「あ、おーい、注文お願い！」

「お、おい聞いてるのか⁉」

「これとこれと……あとこれ。お前は何食う？」

「いらない！　人の話を！」

「あ、じゃあ同じのふたつずつで」

聞いておきながら、その返答は無視して勝手にさっさと注文を済ませてしまう。

注文を終えた俺は隣に座る少年に顔を向けた。

「お前、名前は？」

先ほど名前らしきものを呼ばれていたのは聞いていたが、一応尋ねておくことにする。

「ッ……バカバカしい！」

だん、と音を立てて席を立とうとする少年。俺はその肩をがしりとホールドして無理やり着席させた。

「ぐえっ⁉　な、何なんださっきから……⁉」

「あぁ、悪い。先に名乗るのが礼儀か。俺はアデムだ」

「そういうことじゃない！　ふざけるな！」

「まあそう言うなよ。同じ日にパーティーメンバーを失ったもん同士仲良くしようぜ、仲良く」

「……何？」

おっ、食いついた。

「俺もさっき顔出したら今朝解散されたって聞いてな。驚いたよ」

嘘《うそ》は言っていない。解散しようと言ったのは俺だが、手続きをしたのはあいつらだし、今朝既に解散されたと聞いて驚いたのも本当だ。何なら理由も俺の力不足だから、うん、嘘ではないな。

「……そうかい。それで、そのパーティーを追い出されたヤツが僕に何の用だい？」

言葉にはいささか毒があるが、語調は幾分落ち着いたように思える。少なくとも会話をしてくれる気にはなったらしい。

「いや何、すごい偶然だと思ってな。何というかこう……縁を感じないか？」

「………」

目の前の少年が俺を見る目は何とも胡散臭《うさんくさ》げだ。そんなんで縁感じたくねーよって？　確かに。

「そういうわけでってのも何だが、名前ぐらい聞かせてくれないか？」

再度名前を尋ねるが、少年は眉根に皺《しわ》を寄せて押し黙ってしまう。ううむ中々手強い。

俺が次はどうアプローチしたものかと考えているうちに、注文していた料理がやってきた。俺と少年の前にそれぞれ皿が並べられる。冷ましてしまうのももったいないので、早速いただこうかな。

おっとその前に。

「それは奢《おご》りだから好きに食ってくれ。あ、もちろん嫌いなもんとかだったら無理に食う必要もないからな？　俺が勝手に頼んじまったもんだし」

それだけ言ってから、俺は料理を食べ始める。やや大味だが、濃いめの味付けでボリュームがあって美味《うま》い。

ぐうぅ。

黙々と食べ進めていると、そんな音が隣から聞こえてきた。

手を止めて視線を上げると、少年が顔を赤くしてプルプルと震えていた。

「…………ァだ」

「ん？」

「リンファ、僕の名前だっ」

言って、少年改めリンファはおずおずと食事に手を付け始めた。

「おう、よろしくなリンファ」

「…………」

「ところでリンファはこれからどうするか決めてるか？」

「…………」

「他のパーティーに加入するか、あるいは募集をかけるか」

「…………」

「もし特に当てがないようなら、しばらく俺とパーティーを組まないか？」

「…………なに？」

それまで返事をせず目すら合わせようとしなかったリンファが、ピクリと反応を示した。

「さっきも言ったが、これも何かの縁じゃないかってな。ちょうど良くないか？」

「馬鹿《ばか》なのか、お前？」

努めて明るい感じで言ったのだが、逆に癇《かん》に障《さわ》ってしまったらしい。リンファが不愉快気に吐き捨てる。

「どうしてわざわざパーティーを追い出されたようなやつと組まなきゃならないんだ！」

「それはまあ……確かに？」

言われてみたらそれもそうだな。しまったな。打ち解けるために言ったことが仇《あだ》になってしまった。

「でもほら、次のパーティーもすぐに決まるとは限らないだろ？　何ならそれまでの期間だけでも」

「お断りだ！　僕は精霊術士だぞ。次のパーティーなんてすぐ見つかる」

「！　へぇ、精霊術士か」

あれこれ言っているうちに皿を空にしたリンファが懐《ふところ》から財布と思しき巾着を取り出した。

「おいおい、奢るって言ったろ」

「借りを作りたくない。特にお前みたいな面倒くさいのには」

「あ、おい」

力強く置かれる硬貨。俺の呼びかけを無視して、リンファは再び受付に向かっていった。

残された俺は硬貨を手に取ると、小さく嘆息して肩を竦《すく》めた。

「足りてないじゃん」

◆

「……何故ついてくる？」

「ついてきたわけじゃないぞ。俺も新しいパーティーを探さないといけないからな」

さっきしばらくひとりでやるって言ってきたばかりなんだけども。ほら、人間誰しも気が変わる時ってあるじゃん？

「……ふん」

顔を顰《しか》めつつも、それ以上追及する気はなくなったらしい。リンファは前を向いた。

「はい、ありがとうございました。次の方ー……」

カリネはリンファを見て一瞬固まり、すぐ後ろの俺と顔を見合わせる。何度か俺たちを交互に見比べたカリネがはたと何かに気づいたように目を見開く。

「あ、おふたりでパーティー登録ですね！」

「はぁ⁉　違うッ！」

「あ、あれ違うんですか？」

「違うに決まってるだろう！　パーティーの斡旋《あっせん》を頼みにきたんだ！」

「そ、そうなんですね。失礼しました……では冒険者認識票《ギルドタグ》の提示をお願いします」

差し出された冒険者認識票に【解析《アナライズ》】の魔法がかけられる。

冒険者認識票から情報を読み取ったカリネは眉根に皺を寄せた。

「その……申し訳ありませんが現在リンファ様にパーティーの斡旋、並びに募集はできません……」

「なッ……なんだって⁉　どうして！」

「リンファ様は直近半年での斡旋パーティー解消が五回を超えています。ギルド規定によりその間はパーティー斡旋を控えさせていただくことになります……」

あんぐりと口を開けるリンファ。

なるほど、規定に引っかかったのか。

実際問題、半年もない間に五回の解消というのは、かなり多いと言わざるを得ない。よほど実力が伴わないか、あるいは人格に難ありか。……後者っぽい気がするが果たして。

冒険者は命のかかった職業である。ギルドとしてもパーティー斡旋はその責任を伴うため、問題の見受けられる冒険者にそういったペナルティが課せられるのは致し方ない面もあるだろう。

「そ、そんな……！」

「一応、ご自分で加入先ないしメンバーを見つけてきた場合は受理可能なのですが……」

そう言ってちらりと俺を見るカリネ。

ギルドの斡旋を介さないパーティー結成自体は別に珍しいことでもない。元々連れでやってきた新米などはそのまま連れ同士で組むし、ベテランでも知り合い同士で組むことはままあることだ。

だが、逆にそういった例以外となるとパーティーに飛び入りで加入するのは難しい場合が多い。

わざわざギルドからの斡旋を介さずにパーティーを探しているとなると、それなりの訳ありと考えるのが普通だ。まともな神経をしていれば、そんな輩《やから》をふたつ返事でパーティーに入れはしないだろう。

なら俺がしようとしたみたいにひとりで活動すればいいのでは、と思うかもしれないが、そう簡単にもいかない。

まず大前提として、ひとりで迷宮に潜るのはリスクが高い。不測の事態に対して自分ひとりで対処できなければ簡単に命を落としかねない。

ましてやリンファはさっき言っていたように精霊術士という魔術師系統の職だ。近接職ならまだしも、純粋な後衛職がひとりで活動するのはよほど高位の冒険者でもなければ厳しいものがある。

「くっ……」

それはリンファも理解しているのか、悔し気に下唇を噛んで俯く。反応からして、パーティーに入れてくれそうな知り合いもいないのだろう。

冒険者は常に命の危険と隣りあわせだ。戦場での油断、仲間との不和、驕《おご》りと蛮勇。そんなもので簡単に命を落とす。ある日から突然顔を見ることがなくなった者もひとりやふたりではない。

別に俺が何かする義理はないし、冒険者たちは皆自分の命に自分で責任を持つものだ。余計なお節介かもしれない。ただ、このまま何もせず見送って、この先ふと彼の顔を見ないことに気づいた時、しばらく夢見が悪くなるだろう。

俺はそれが嫌だった。

「あの……どうなさいますか……?」

「もういいッ、ならひとりで……っ」

後ろからリンファの肩をつつくと、ビクリと体を揺らして振り返った。

「………」

俺は無言で自分を指さす。

「な、なんだよ」

「俺、剣士。前衛職」

俺はにっこりと笑みを作って頷いた。

「ぐ、ぬぬ……」

しばらくの間、妙な唸《うな》り声を上げて懊悩《おうのう》していたリンファは、程なくしてカリネに言った。

「こ、こいつと……パーティーを結成する……！」

「おう、よろしくなぁ！」

リンファに言いながら、こっそりカリネに親指を立てて見せると彼女は苦笑しながら控えめに親指を立て返してくれたのだった。

◆

ギルドにてパーティーの結成を終えた俺たちは早速、手頃な迷宮に潜っていた。

ただし、目的は探索や狩りではなくあくまでお互いの戦術確認だ。

「いいか、お前と組むのはあくまで次のパーティーが決まるまでだからな！」

「分かってる分かってる」

何かと棘《とげ》のある物言いのリンファを適当にあしらいつつ、薄暗い洞窟を進む。

内部はそれなりに広く、岩肌のそこかしこには松明《たいまつ》のような物が乱雑に刺さり、その明りが周囲を弱々しく照らし続けている。原理は不明。迷宮にはありがちな不思議オブジェクトだ。

洞窟だというのに空気はやや生ぬるく、じめじめとして陰気臭い。

【屍人《しびと》の巣窟《そうくつ》】。タンデムの北方に存在するそれは、字面から察せる通り、不死系《アンデッド》の魔物を中心とした迷宮だ。

不死系と一口に言っても、実体を持たない死霊のような思念タイプとスケルトンやグールのように死体がそのまま動いているようなものの二通りがいて、この迷宮は主に後者が現れる。

スケルトンやグールの類《たぐい》は耐久性こそ高めなものの動きが鈍く、比較的脅威度が低い。ギルドが定めた迷宮の危険度はE、リンファの等級はDとのことで、俺に至っては一応B等級。ある程度の実力を測るうえでも丁度いいというわけだ。まあリンファには今更そんな低レベルの迷宮なんて、とごねられたのだが。

「リンファは【屍人の巣窟】に来たことは？」

「……何度かは」

「そうか。ならまあ今更言われなくても分かってるだろうが、相手が複数の場合は弓持ちを優先して倒してくれ」

一応の注意事項にリンファはつまらなさげに鼻を鳴らした。

リンファの態度に俺は小さくため息を吐《つ》く。

まあ後衛が遠距離攻撃手段持ちから倒すなど極々当たり前の戦術な上、ここに出るスケルトンの弓は精度が悪く威力も低いため仮に放っておいたとしてもさして問題にはならない。

それを理解しているからこそ、リンファとしては今更そんなことを言われてもといった気分なのだろう。

気持ちは分からんでもないのだが、かといってそういう態度もなあ。今後、他の人と組んだ時にこういうところも解散や追放の一因になってしまうのではないかと思う。

「……お」

あれこれ考えながら迷宮内を進んでいると、視界に揺らめく複数の人影のようなものが映る。

スケルトンだ。数は三体、やや距離があるからまだこちらには気づいていないようだった。

「リンファ、射程まで近づいたら先制攻撃を頼む。その後は……」

「それならここで十分だ」

俺の言葉を遮るように言って、リンファが掌《てのひら》をかざす。

「【凍て貫け《アイスバレット》】！」

詠唱と共に複数の氷塊が顕現、射出されたそれらは鋭い風切音を纏《まと》って三体のスケルトンを粉砕した。

その戦果に俺は感嘆の声を漏らす。

「おお」

「ふん、手応《てごた》えないね」

つまらなさげにそう言い捨てるリンファだが、その声色は心なしか自慢げな気もする。

ただ、実際自慢げにするのも頷けるだけの威力と射程だ。

「これで分かっただろ？　今更こんな迷宮に用はないって」

「あぁ、正直見くびってた」

「ふふん」

「下級の精霊術でこれなら中級以上がどれほどか、想像もつかない」

「…………とにかく、これ以上ここにいる理由もないだろう。時間の無駄だ」

何が気に障ったのか、一転して急に不機嫌な雰囲気になるリンファ。そのまま踵を返して帰ろうとするのを肩を掴んで止める。

「まあ待て待て、ついでなんだから俺の腕も見ておきたくないか？」

「別に」

「よぉーし！　張り切っていくぞ」

「おい！」

リンファの声はスルーして先に進む。流石に置いて帰るつもりはないらしく、不承不承といった様子でリンファもついてきた。

間もなく、迷宮内を彷徨《さまよ》うグールを捕捉。数は一、二、三……八体。なんか多いな。

「何体か減らしてやろうか？」

「いや、必要ない」

どこか煽《あお》るような口調のリンファに短く返して、剣を抜いた俺はグールとの距離を詰める。接近に気づいたグールがこちらに向き直り、襲い掛かろうとしてくるが、そこは既に俺の間合い。すれ違いざまに首を落とす。まずは一体。

続けざまに残りの個体たちが襲ってくるが、動きは単調で然程《さほど》速くもない。

複数の魔物を相手にするにあたって大事なのは手際だ。如何《いか》に素早く敵を処理するか、それに尽きる。

ゲルドのように強力な魔法が使えるなら、それで一掃してしまうのもいいし、エルシャのように弓の手数で遠距離から圧倒できるならそれもよし。ホムラに至っては不死の類ならまとめて浄化して終わりだろう。

しかし、残念なことに俺は剣士であり、体質上魔法もろくに行使することはできない。ならばどうするか。

答えは効率だ。

最小限の動きで敵の弱点を突き続ける。言葉にしてみれば何だそんなことかといったようなことだが、言うは易《やす》く行うは難《かた》し。これが中々難しいが、実現できた時の効果も馬鹿にならない。単純に魔力や体力の節約にもなる。

まあ何が言いたいかというと、魔物を倒すのにド派手な技だの魔法だのは必要ないということだ。断じて自分がそういうのできないゆえの僻みとかではない。

グールどもの攻撃を必要最低限の動きで躱《かわ》し、剣をその身に這《は》わすように振るう。強く振り抜く必要はない。あくまで相手の勢いを利用する。

首を落として二体目、足を落として三体目――あとは流れ作業のようなものだ。手早く残りも無力化した後、足を落として動けなくしたグールにとどめを刺して戦闘は終了した。

……なんというか、あれだな。久しぶりに自分の手で魔物を倒した気がする。来る日も来る日も俺の出番なく魔物は殲滅《せんめつ》され続けて……あ、やばいちょっと涙出そう。

ま、まあそれはさておき、我ながらそれなりに鮮やかな手並みを見せられたのではないだろうか。

戦闘が終わったことで近寄ってきたリンファに振り返る。

「まあこんなもんだ、どうだ？」

「なんというか……地味だな」

ちょっと涙出た。

◆

そりゃあね？　世の成功している近接職に比べれば俺の戦いは地味に映るかもしれませんよ？　稲《いな》妻《ずま》が迸《ほとばし》ったりもしませんし、爆発したりもしないし。でもですね、俺に言わせてみればそんなのは無駄なわけですよ。余分。美しくない。爆発させなくたって適切なタイミングで適切な部分を適切に斬れば敵は倒せるもん。こんな風にね！

勢いよく振り抜かれた剣がスケルトンの頭部にクリーンヒットし、その頭蓋を派手に吹き飛ばした。いかん、いらん力が入った。心頭滅却《しんとうめっきゃく》、心頭滅却……。

とまあ、思わぬところでちょっとした心の傷は負ったものの、その後の迷宮探索は特にトラブルもなく進行していた。

今日何度目かのスケルトンとの接敵も難なく退けられている。実力と迷宮の危険度を考えれば当然と言ってしまえば当然なのだが。

【撃ち焦がせ《ファイアバレット》】！」

リンファの精霊術で最後のグールが燃え尽きる。

「よし、今日はこの辺で切り上げるか」

「……それがいい。いい加減退屈で飽き飽きしてたところだ」

吐き捨てるように言って、早々に踵を返すリンファ。

相変わらずの態度に俺は小さく嘆息するが、実のところリンファに対してそこまでの悪感情は抱いていない。むしろ好感を抱いてさえいた。

それはリンファの戦闘スタイルに起因している。言葉や態度こそあんな感じだが、その戦い方は極めて堅実で実直。無駄も少ない。

ここまで、敵の力量に合わせて必要以上の術は使わずに倒してきている。誰かさんたちは目に映るものを常に最大火力で破壊する勢いだったからな……。その点リンファはまさに俺好みの術師と言えるだろう。

俺と違って魔力量も相当あるようだし、伸びしろ抜群だ。

前衛を置いて帰ろうとするリンファの背を追いつつ、俺は今後の方針を固めていった。

◆

「お、来たか。おはよう」

「……おはよう」

リンファとのパーティーを組んで毎日迷宮に潜ることはや三日。今日も今日とて、迷宮に潜るべく俺はギルドにてリンファと落ち合っていた。

「よし、早速だが今日潜る迷宮は……」

「待て、今日は僕が決めさせてもらう！」

「どうした急に」

「君と組んでからというもの、ここ数日低レベルな迷宮ばかり、もう我慢の限界だ！　僕らはパーティーを組んだが、君がリーダーというわけじゃあない。僕にも選ぶ権利があるはずだっ」

「まあ、それはそうだが……一応聞くけどどこに行くつもりなんだ？」

「【魔晶洞《ましょうどう》】」

「【魔晶洞】って……危険度Cか。うーん……でも、リンファってまだD等級だろ？」

「僕は危険度Cでも通用するっ！　それともD等級は危険度Cの迷宮に潜ってはいけない規定でもあるのか？」

「ないけど……」

ひとつ上までなら挑戦できてしまう規定となっている。

俺は考える。

ギルドが定める迷宮の危険度においてCというのはちょうど中堅程度。潜れる冒険者はベテランとまでは言わないが、一人前として扱われる等級だ。当然、相応の危険が伴う。

リンファの個人等級はDだが、昨日の術の冴《さ》えを見る分には確かにCでも通用するかもしれない。

俺に関しても腐ってもB等級だし問題はない。……はず。前のパーティーでは最終的に俺はほとんどの戦う機会を失い、迷宮おさんぽマンと化してしまっていたため、今現在の自分がどこまでやれるのかが未知数なのだ。

俺が戦いに参加できていた頃は危険度Bでもそれなりにやれてた気がするのだが、今となっては遠い日の思い出である。鈍《なま》ってなければいいのだが。

初日にわざわざ低ランク迷宮を選んだのはそれを確認するためでもあったりするし、その後も段階的に迷宮の危険度を上げてきた。無闇に危険度の高い迷宮に潜って、前衛としてリンファを守り切れないなんていう状況は避けたかったしな。

しかし、リンファにとってはそれがじれったく感じられたらしい。

「これからもあんな迷宮に潜るつもりならこのパーティーを続ける意味はない！」

「おいおい……」

一体何をそんなに焦っているのか。リンファの頑《かた》なさに俺は呆《あき》れよりも困惑が勝《まさ》っていた。

リンファの気質はこの三日間でそれなりに分かってきたつもりだ。もとより割と強引に組んだパーティーなのもあって、辞めると言ったら本当に辞めてしまうだろうことは想像に難くない。

ぶっちゃけ、そうなったとして俺に何か不都合があるというわけでもないのだが、リンファの今後を考えると後味は良くない。

「はぁ……分かった、【魔晶洞】に行こう」

結局、説得の余地なしと俺が折れる形でその日の【魔晶洞】行きが決定した。

◆

【魔晶洞】はその名の通り、内部を数多の水晶のようなもので覆われた迷宮だ。一抱えほどもある大きな水晶がそこらにごろごろと生えている。初見だと水晶取り放題じゃんなんてテンションが上がる光景なのだが、現実はそう上手くいかないものらしく、【魔晶洞】の水晶は不思議なことに掘ったり折ったりして迷宮から離れると塵《ちり》となって消えてしまう。

また、この水晶は常に淡い光を放っており、無数の水晶がそれらを反射し合うことで迷宮内を美しく照らしている。

そんな一見幻想的な迷宮の中で、俺たちは大量の蟹《かに》に囲まれていた。身体《からだ》全体が水晶のようなものでできた蟹は上背が俺の腰ほどもあり、バカでかい鋏《はさみ》で挟まれようもんなら人間の体など真っぷたつだろう。

壁を背にし、俺が押しとどめている限りは後衛が攻撃を受けることはないため、リンファには援護に徹してもらう。

「こいつら次から次へと！【凍て貫け】！」

リンファの精霊術が射出され、水晶蟹を打ち据える。蟹は見た目相応に硬く、ボディには水の飛礫《つぶて》も効きが悪い。

俺はというと、リンファの術に蟹どもが気を取られている隙を突き、蟹の足関節を狙って剣を叩《たた》き込む。蟹どもは水晶でできているだけあって剣などの刃物は通りが悪い。スパッと一刀両断にすることもできなくはないが、この数相手にそれをするには俺の魔力ではじり貧だろう。

「ふッ」

ゆえに俺は比較的脆《もろ》く、なおかつ機動力を奪える脚を集中的に破壊して回っていた。まともに動けなくさえすれば倒したも同然であり、とどめは後でのんびり刺せばいい。省エネ省エネ。

「リンファ、脚を狙え！」

「……っ、【凍て貫け】！　【凍て貫け】！　【凍て貫け】!!」

矢継ぎ早に射出された精霊術。そのいくつかが蟹の動きを鈍らせることに成功する。

必死に術を使い続けるリンファを尻目に、俺はひしめく蟹どもを黙々と処理し続ける。

大分数も減らして蟹も残り数匹、余裕が出たのを見計らい俺はリンファに話しかける。

「リンファ、ちょっといいか？」

「……？　なんだ、まだ蟹は残ってるぞ」

「あぁ、残してるからな」

「なに？」

「術を展開する時はいつも自分の周りに広げるようにするだろう？　でもこいつら相手には、それより一点に連ねるようにして展開した方が効果的だ」

「一点に……？　こ、こうか……？」

言いながら発動した【凍て貫け】は前後に整列していた。

「硬い相手は同じ場所を続けて攻撃するのが定石だ。そんでその方が同じ部位を狙いやすい。撃って見ろ」

「なるほど……」

連続して放たれた氷の飛礫はガガガガ、と小気味のいい音と共に蟹の脚部に命中し、その脚部を完全に破壊せしめた。発想自体は言われてみればそりゃそうだとなるようなものだが、これが意外と効果的なのだ。

「や、やった！」

「一発か。やっぱ要領いいなお前」

「えへへ……あ、いや……ふん、これくらい余裕だともっ」

「その調子で残りも倒してみろ」

「言われずとも！」

珍しく嬉《うれ》しそうなリンファの、いつも通り素直じゃない言葉に思わず笑みがこぼれる。

程なくしてすべての蟹にとどめを刺し終わり、周囲に他の魔物がいないことを確認したところで一息つくことにした。

蟹の屍《しかばね》に腰かけて携帯食を取り出す。青紫色をしたタコ足を干物にしたようなそれは、パッと見は大変不気味だが、噛めば噛むほど旨味が出て中々いけるのだ。初めて露店で見かけた時は物珍しさと怖いもの見たさで購入したのだが、今ではお気に入りの一品になっていた。ちなみに具体的にこの物体が何なのかは未だに知らないし、露店のおじさんも教えてくれない。

おやつがてらタコ足（？）を頬張っていると、リンファがおずおずと近寄ってきた。

「ん、ふぉーふぃ《どーした》は？」

「……その、だな」

何やら言いよどむように言葉を区切るリンファ。しばらく黙ったまま、微妙な雰囲気が場を包む。

「……？　えっと……お前も食うか？」

「え、いらない……何だそのキモいの」

なんとも言えない気まずさに耐えかねて差し出したタコ足（？）はにべもなく拒絶された。キモい……まあキモいけどさ。

「そうじゃなくて……その、さっきは助かった！　それだけだ！」

絞り出したように早口でそれだけ言うと、リンファはそそくさと少し離れたところに行ってしまった。

絶妙に素直になり切れていないリンファの態度に少し笑って、俺は残りのキモいタコ足（？）を口にした。美味《おい》しいんだけどな……。

◆

あの後、迷宮探索に興が乗った俺たちはそのまま魔物を蹴散らしながら進み続け、最深部の大部屋に到達していた。迷宮の最深部には迷宮核石《ダンジョン・コア》と呼ばれる魔力結晶体が存在し、これによってダンジョンはその存在を維持されている。

未踏破迷宮であればその前に核を守る迷宮守護者《ガーディアン》が冒険者の行く手を阻んでくるのだが、あいにくと【魔晶洞】は踏破済みなため守護者の領域はもぬけの殻だ。

「これが危険度Cの迷宮核石……」

リンファが目の前に鎮座する巨大な迷宮核石をしげしげと見つめる。

「危険度Cの迷宮核石を見るのは初めてか？」

「……ああ、悪いか？」

「いやそんなこと一言も言ってないって」

相変わらずのトゲトゲ具合に苦笑すると、リンファはほんの少しだけばつの悪そうな顔をした。

ところで、迷宮は出現する魔物の強さや罠《わな》の危険性に加えて、その〝深さ〟も危険度の設定に含まれる。危険度Cともなるとそれなりの深さを誇るのだ。そんな迷宮の最奥まで来てじゃあ、帰りはまた無駄に長い迷宮を魔物をしばき倒しながら引き返すのかというとそんなことはなかったりする。

迷宮核石の周りを取り囲むように書かれた魔法陣、その名を帰還陣。攻略済みの迷宮には一瞬で迷宮の入口まで転移できる便利機能が搭載されているのだ。転移系の魔法は本来超高難易度で魔力も馬鹿食いするため、おいそれと目にすることはないのだが、この帰還陣は迷宮核石と接続することで必要魔力を補い、誰でも発動可能という画期的な代物《しろもの》だ。

そんな文明の利器に内心感謝しながら、帰還陣を起動させる。

「……ん？」

起動しない。

「おかしいな……」

しゃがみこんで帰還陣を調べてみる。陣自体に問題はないようだが迷宮核石からの魔力供給がされていない……？

「お、おい、何か様子がおかしくないか？」

「あぁ、おかしいな。転移陣が起動しない」

「いや、そうじゃなくて！　迷宮核石が……！」

「何……？」

言われて、顔を上げ迷宮核石を見やる。

そこには輝きを増し、溢《あふ》れんばかりの魔力を渦巻かせる迷宮核石。

「なッ……!?」

そして光が弾《はじ》けた。あまりに眩《まばゆ》い光の奔流に、思わず目を覆う。

これは、この現象は……！

間もなくして奔流が収まるや否や、俺は背後を振り返る。大部屋の中心、そこでは溢れ出した光

――魔力そのものが集合し、ある形を作り上げられるところだった。

曖昧《あいまい》な光の塊に過ぎなかったはずのそれはやがて、光をひそめ、代わりにはっきりとした像を結ぶ。

この現象に、その存在に、俺は心当たりがある。だが、まさか、そんな。

体高は俺の一・五倍ほどあるだろうか。眩く輝く紫紺の外殻と巨大な一対の鋏に、腹部から伸びる長い尾の先には鋭利な針。頭部で妖《あや》しく光る四対八つの赤い瞳――。

ヒュッという、リンファの息を呑《の》む音。

間違いない。その姿に俺は確信した。


【魔晶洞】守護者・紫晶の魔蠍《アメジスト・スコーピオ》。


守護者の復活、再湧出《リポップ》だ。

「そ、んな……」

突如、再湧出した守護者を前にリンファが小さく呻《うめ》く。

再湧出現象。一度倒された迷宮守護者が再度復活することをそう呼ぶのだが、それはそうそう起こることではない。ある条件に伴って複数の迷宮に連鎖反応的に生じる現象だ。

その条件というのが非常に厄介極まりないというか、割と一大事なのだが、それはさておく。今は何より眼前の守護者だ。

巨大な水晶の蠍《さそり》、紫晶の魔蠍は俺たちと入口の間に立ちはだかるように佇《たたず》んでいる。今のところ襲ってくる気配こそないものの、まさかこのまま横を素通りさせてはくれまい。そもそも、大部屋と来た道を繋《つな》ぐ門も閉じられている。

最初から守護者が再湧出していればわざわざ大部屋に立ち入らずに引き返せば済む話だったのが、まさかの立ち入った状態で発生したために閉じ込められてしまった。どんなタイミングだよ。

転移陣も未だ起動しない以上、帰るためには奴を倒すしかないというわけだ。

「リンファ、一応確認するが守護者と戦った経験は？」

「あ、あるわけないだろ⁉」

「一応だよ、一応。分かってると思うが、こうなった以上アレとの戦いは避けられん」

「避けられないって、守護者だぞ⁉　僕たちふたりでどうしようって言うんだっ！」

「だから言ってるだろ、戦うんだよ」

信じられないというような顔で固まるリンファ。まぁ気持ちは分からんでもない。

【魔晶洞】に出現する魔物はそこまで強力なものではない。迷宮の危険度はCランクなのだから当然だ。それなりの冒険者パーティーなら難なく探索できる。

しかし、守護者はその危険度には全く当てはまらない。たとえ迷宮の危険度が低くとも、守護者となると冒険者の適正等級はB上位からAといったところか。もちろん人数を揃え、態勢も整えた上でだ。

対して俺たちはたったふたり、それもB等級とD等級。客観的に見てこの状況は詰んでいるということだ。むしろリンファの反応こそ正常といえる。それでも――

「やるしかない。でなきゃ帰れん」

「だからって……！　どうしてそんなに落ち着いて――――！」

「倒したことがあるから」

「――――は？」

「俺はあいつと戦って倒したことがある。ちょうどそん時もふたりだったしな」

「な……は……？」

そう、俺はかつて同じ場所でヤツと対峙《たいじ》したことがある。もう五年ぐらい前の話にはなるが……再湧出タイミングといい、何とも因果な話である。

俺は今一度、水晶製の大蠍を見据える。

「策もある、まぁ聞け」

そう言って、俺は敢えて口角を上げて見せ、作戦の説明を始めた。


ドヤ顔で策と言っても実のところそんな大層なものでもない。過去に戦った経験のある俺が死ぬ気で蠍を抑えている間に、リンファが威力のある中級精霊術をぶち込み続ける。細かい立ち回りの指示こそしたものの、端的に言ってしまえばそれだけの話だ。

ちなみにその間も大蠍はその場を動くことはなかった。こちらから挑む姿勢を見せない限り、あちらから動く気はないらしい。守護者とは相も変わらず変なところで律儀なヤツである。

説明の間は大人しく聞いていたリンファだが、今も難しい顔をしている。説明前から悪かった顔色がより悪化している気がする。

「まぁ都度《つど》合図は出すし、少々ミスっても何とかするからあんま気負わんでいいぞ。火力だけはお前に頼るしかないんだが……」

「………その、ことなんだが」

それまで黙っていたリンファが、意を決したように口を開いた。

「僕は……下級精霊術しか、使えない」

「………何？」

あれだけの芸当ができて下級しか使えない？　え、そんなことある？

突然明かされた衝撃の事実に一瞬思考が停止する。

中位以上の精霊との契約、それは精霊術士がまず一番最初に目指すべき最優先事項といえる。

下位精霊は世界の至る所に遍在しており、契約が容易……どころか別に契約なしでも精霊術士が魔力を受け渡せば術を行使してくれる。

巡り合わせが悪いと手こずることもあるらしいが、精霊術士そのものが希少なこともあって大体は駆け出し卒業までには契約できる。

無論、中位精霊と契約してさえいれば中級精霊術を使えるというわけではないが、少なくともこれまでリンファを見ていてそれができないとは思えなかった。となれば、だ。

「中位精霊と契約できていない……のか？」

「……」

俺の問いにリンファは力なく頷きを返した。

んー……なるほど、そういうパターンか……。

リンファがこれまで最低限の下級精霊術のみで立ち回って見せていたのは効率を考えてではなく、単に中級は使えなかったから。

振り返って考えてみれば察してもよかった可能性を、俺は自分基準の考えと思い込みで見落としていたらしい。というか三日もあってその辺りを一切確認しなかったのは、我ながらアホすぎる……。

「……呆れたかい？　散々粋《いき》がっておいてこの有様だ……」

「いや、問題ない。それならそれでやりようはある」

「……え？　ど、どうやって……まさか君ひとりで戦うつもりか……!?」

「俺ひとりで？　いや無理無理。言っただろ、俺じゃ決定打がない。だから最初に言った通り火力はリンファ、お前に頼む」

「は、はあ？　どうやって……」

「修行だ」

◆

「よう、久しぶりだってのに随分待たせちまったな」

大部屋の中心で待機する紫晶の魔蠍に向かって歩みながら、五年ぶりの再会ということで挨拶《あいさつ》をしておく。同一個体なのかは知らんけど。

それに反応した大蠍がその巨体を臨戦態勢に移す。表情の読めない虫の貌《かお》は、かつて敗れた仇敵《きゅうてき》との再戦を前に眼窩《がんか》の光を狂喜に揺らしているようにも見えた。

じりじりと縮まる距離。やがて、お互いの間合いが触れる瞬間——大蠍の巨大な鋏が薙《な》ぎ払われた。

「おっ……と！」

まともに受けてはひとたまりもないそれを、俺は後ろに飛んでやり過ごす。そこを追撃するように振り下ろされる反対側の鋏は半身になって躱し、斬りつける。

ガキン、同じ金属でも殴りつけたような硬質な音とともに僅《わず》かに水晶の欠片《かけら》が飛び散った。

冒険者は皆、例外なく戦うときに魔力を使う。それは近接職であっても、だ。如何に己の肉体を鍛えようと、人は魔力による身体強化なくして魔物という強大な存在には立ち向かえない。

その点、俺は生まれつき持ち得る魔力の器が小さすぎた。貧弱な魔力では既存の身体強化術を満足に行使することは叶《かな》わぬほどに。

なのに俺が今こうして迷宮守護者と立ち向かえているのは何故か。それは極限まで無駄を削ぎ落としたからに他ならない。純粋な体術面はもちろんのこと、魔力リソースの管理を俺は徹底した。

術式を改良し、強化する部位、その強弱を常に状況に応じた最低限に調節する。

更に、周囲の魔素をより早く魔力に変換する術を会得することによって、俺はギリギリで冒険者としての活動を可能にしたのだ。

その後も数回、同じように攻撃をいなしつつ斬りつけてやると、大蠍は尾の針を振り回すように体を一回転させたため、大きく距離を取る。

間合いの外に出た俺に対し、大蠍は尻尾《しっぽ》の先を向けてきたと思うと先端の針が射出される。

「そういやそんな技もあったな……ッ」

初見でもないし、対応できない速さではない。針はすぐに生やせるらしく、次々と飛んでくるそれらを俺は時に躱し、時に斬りはらうことで対処する。

斬りつけた箇所はいずれもうっすらと傷が付いている。同じところをしつこく斬り続ければ破壊できないこともなさそうだが、削れた箇所はじわじわと再生しているのが見て取れた。やっぱり俺の剣だけで倒すのは現実的じゃないな。

重要なのはタイミングだ。この大蠍の意識は俺に向いていて、現状間合いの外にいるリンファには見向きもしていない。焦らず、削り続け、機を窺う。

かれこれ数十回は斬っただろうかという頃、一向に攻撃が当たらないことに焦《じ》れたように大蠍が両の鋏を叩きつけてきた。

ここだ。

「リンファ!!」

掛け声と共に俺は鋏を迎え撃つように剣を振るう。当然このまま衝突してもまず俺に勝ち目はない。

轟音《ごうおん》。

眼前まで迫る鋏はしかし、凄《すさ》まじい勢いで飛来した巨大な氷塊の衝突によってその軌道を変えられる。それだけでは終わらせない。

氷塊の直撃によりベキベキと不気味な音を立てる鋏に向かって、俺は渾身《こんしん》の力で剣を振り抜いた。

バギンッ！

もとよりコツコツと削られていた鋏は氷塊と絶妙な角度の斬撃によりとうとう限界を迎え、中程から折れ飛んだ。

◆

時は少し遡って——

「精霊術と魔法の……二重詠唱《デュアルスペル》？」

「あぁ、上手くいけばそれで中級精霊術程度の威力にはなる」

「い、いやいやいや！　そんなの聞いたことないぞ⁉」

「そりゃ普通は中級精霊術使った方が早いし……」

術の行使に中級精霊術より手間が掛かって、魔力の消費量もやや多い。ほぼ意味がないから基本誰もやらないのだろう。色々模索していた頃、副産物的に発見した技術なのだが思わぬところで役に立ちそうである。

「で、でも仮にそんな技術が本当にあったとして……僕はそんなのできない」

「今から覚えればいい」

「は？」

俺の言葉にリンファが何言ってんだこいつとでも言いたげな顔を向けてくる。

「何言ってんだこいつ……」

口にも出ちゃった……。

「そんなすぐにできるわけないだろ！　僕はその技術のこと何も知らないんだぞ!?」

「俺が教えるよ」

「教えるって、君、剣士だろ!?」

「まあまあ騙《だま》されたと思って。守護者もずっと待ちぼうけにさせちゃかわいそうだろ」

「か、かわいそう……!?　さっきからなんでそんな緊張感ないんだ！」

「そりゃ、お前ならできるって信じてるからな」

「……っ！」

「安心しろ、お前なら絶対にできる」

しばしの沈黙が場を満たした後、

「……分かった。教えてくれ」

恐怖、緊張、あるいは猜疑《さいぎ》心。それらで揺れていたリンファの瞳から、迷いが消えた。

「じゃあ早速だが、リンファが自前で使える魔法の属性を教えてくれ」

「氷と火……あとは雷の下級魔法だ」

「その三属性なら氷がいいな。まずは精霊術を展開して保持したまま、自分でも魔法を詠唱してみてくれ」

「わかった。【凍て貫け】」

いつも通り、リンファの周囲に浮かび上がる氷の礫《つぶて》。

「……【アイスボール】」

氷の礫の混じって、人の頭ほどの氷塊がリンファの掌の上に生成された。

「よし、同時に保持できてるな。じゃあ一度術を破棄してくれ。そんで次は術を同時に起動して顕現前にそのふたつの魔力を同調させて合成するんだ」

「え、こ、こうか……!?」

リンファの周囲と掌、双方に魔力が渦巻き、空気が若干霜ついて――すぐに霧散した。

「いやできるかこんなの！　どうなったら同調してるのかがまず分からないんだが!?」

「んー、まあ口で説明されただけじゃそら分からんわな。……ちょっと失礼」

言いながら、俺はリンファの手を取った。

「ひゃぁっ、なんだ急に!?」

「手伝うからもう一回やってみろ」

「は、はあ？　手伝うって……どういう」

「いいからほら」

「なんなんだ……セクハラだぞこんなの……」

なにやら小さな声でぶつくさ言いつつもリンファが再度ふたつの術を詠唱し始めた。

ふむふむなるほど……なら、こんな感じかね。

「んあッ……んんッ!? ちょ、何、あっ……！」

身を捩《よじ》りながら変な声を上げるリンファの周囲を渦巻く魔力がひと際力を強めたと思うと、その目の前に巨大な氷塊が顕現した。

「!?」

「よし、できたな」

「え、は……どうやって、今何を!?」

「ちょっと魔力の流れを弄《いじ》らせてもらった」

「…………???」

リンファが何か世界の理《ことわり》を理解してしまった猫のような顔をした。

「これで俺がアシストするから、感覚を覚えてくれ」

「え、いや待てだから魔力を弄るって何……ひゃんっ!?」

何かリンファが言いかけたが時間が惜しいので魔力を波打たせて練習を促す。操作もだけど、これされるとき皆変な声出すんだよな。くすぐったいというか、何かゾワゾワくるらしい。

ゲルドとか男にやる分にはまだいいんだけど、ホムラ相手の時とか正直気まずかった。当のホムラはこの訓練に謎の積極性を見せていたが……。

「ほら次々。どんどんやるぞ」

「ひぁッ……んッ……分かった！ 分かったからそれ止めろぉ！」

◆

「ナイスだ、リンファ！」

結果的にリンファは精霊術と魔法の二重詠唱を無事ものにできた。本番でも成功させられるかは若干賭けの部分もあったが、上手くいって何よりだ。

主な攻撃方法であるふたつの鋏を破壊された紫晶の魔蠍が金属を擦《こす》り合わせた音のような耳障りな悲鳴を上げて後ずさる。

こうなればあと警戒すべきはその巨体そのものと尻尾のみとなり、こちらは格段に立ち回りやすくなる。言ってはなんだが消化試合だ。大蠍は目前の俺よりも後方のリンファを危険と判断し、潰しに行きたがっていたが、もちろんそんなことを俺が許すわけもない。

その出足をことごとく妨害し、リンファもリンファで事前に伝えた合図に従って細かく立ち位置を変えることで対応した。

俺が着実に脚部を削り、リンファがとどめに破壊するサイクルを繰り返すこと五回。とうとう自重を支えられなくなった大蠍は地に伏した。ほぼ勝負はついたと言えるだろう。

「ふう……」

構えは解かず呼吸を整える。あとは完全にとどめを刺すだけだ。油断せずにいく。

そう、俺は紫晶の魔蠍に対して警戒を解かなかった。手負いの魔物は時として万全の個体よりも厄介だ。むしろ俺の集中力は最も上がっていたと言っていい。

それが仇となった。俺は目の前の敵に集中しすぎて、俺のもとへ駆け寄る足音に気づくのが遅れたのだ。

「やったな！　アデム！」

「ッ！　馬鹿！　まだ来るな！」

「えっ……あ」

俺の声にビクリと足を止めるリンファ。そして気づく。移動できなくなった紫晶の魔蠍の尾。その針が自分に向いていることに。

この至近距離、後衛職のリンファではまず避《よ》けられない。

「クソッ」

俺は即座に駆け出す。間に合え――――！

後衛職が決着も付いていないのに自ら有効射程内に入る。その愚を咎《とが》めるように放たれた針がリンファに直撃する前、俺はすんでのところで追いつき、剣で弾く。

が、続く二発目。これは剣では間に合わない。背後にリンファがいる以上避けることもできないそれを、咄嗟《とっさ》に出した左腕で防ぎ、貫かれる痛みに顔を顰める。

「あ、アデ……」

「リンファ！　術をぶち込め！　ここは俺が凌《しの》ぐ！」

「！　わ、分かった！」

射程内に入ってしまったリンファを逃がすよりは、ここで俺がリンファを守りつつとどめを狙った方がいい。

そう判断し、次々と撃ち込まれる針を剣と体を使って受け止める。

「……っ！　【二重詠唱：氷塊よ打ち砕け《アイスストライク》】!!」

そうして、これまでよりも近距離で放たれた氷の砲弾は紫晶の魔蠍の頭部を直撃。バガンッという破壊的な音と共にその顔貌を粉砕した。それでもなおやつは絶命には至っていない。

大きく怯《ひる》みながらも針の照準を合わせようと藻掻《もが》く。

もう俺も限界近い。ここで、決めきる。

「お返しだ……お、らぁッ!!」

傷口から噴き出る血も厭《いと》わず、大きく振りかぶった俺は破砕した顔面に向かって剣を投擲《とうてき》した。

散々針を飛ばされた意趣返し。

ただでさえ少ない魔力の残りをほぼすべて込めてぶん投げられたそれは、空気を突き破る破裂音を残して突き進み。

大きく開いた傷口から頭部に深々と突き刺さった。

紫晶の魔蠍の尾が力なく垂れ下がり、体が灰のように崩れ去っていく。今度こそ正真正銘の決着だった。

「何とか……なったな……ゴホッ……！」

「アデムッ！」

血の混じった咳《せき》をして、よろめいた俺をリンファが支えようとする。そこで初めて俺を正面から見たリンファが目を見開いた。

「そんな……！」

俺の体の前側には剣で払いそこなった針が至る所に突き刺さり悲惨なことになっていた。ただ、これでも致命傷は避けて受けたつもりなので見た目のショッキングさほど重傷ではないはずだ。何なら魔力欠乏の方がしんどいまであるかもしれない。

リンファに支えてもらいながら、体を半ば引きずるように帰還陣に向かう。

「わ、たしの……私の、せいだ……！」

「あー……？　気にすんなよ、どの道お前がいなきゃ倒せなかったんだし……」

「でも……」

「それよりあれだな……今の俺……逆ハリネズミみたいだな……」

体の前側に針いっぱい刺さっててさ。

「それはただのハリネズミ襲って返り討ちにされたやつじゃ……？　じゃなくて、言ってる場合か!?」

馬鹿なことを言いながら、這《ほ》う這《ほ》うの体《てい》で帰還陣に辿《たど》り着いた俺は、そこで限界を迎え意識を手放した。

◆

「知ってる天井だ……」

窓から差し込む朝日で目が覚めた俺は、ギルドに備えられた医務室の天井を眺めてそんなことを口走る。

帰還陣の前で倒れた後、俺はどうやらここに運び込まれたらしい。体を見てみると包帯でぐるぐる巻きにされてミイラ男みたいになっていた。ギルドに詰めている治癒魔法使いでは完治させられない程度には重傷だったようだ。

「いっ……つつ……！」

体を起こそうとして全身に走った激痛に呻き声を漏らす。それにしてもこんなに負傷したのはいつぶりだろうか……。久しぶりの強敵との死闘、それに勝利。体はひどく痛む一方で気分は晴れやかだった。

「すー……すー……」

「うん？」

なにやら間近で寝息のような音が聞こえる。音のする方を向くと、椅子《いす》に座ったまま俺が寝るベッドの枕元で突っ伏すように眠るリンファがいた。

あれからどれくらい経《た》っているか分からないが、まさか俺が寝込んでる間ずっとそこにいたのだろうか。あの戦いでリンファも相当魔力を消耗したはずだし、疲れていたろうに。

起こすかどうか一瞬迷うが、こんな体勢のままここで寝ていても疲れが取れないだろうし、ひとまずは起こしてちゃんと家なり宿なりに帰って休むよう言おう。

俺はリンファの肩を揺すり起こす。

「んん……っアデム!?」

「うおっと……」

目を開けるや否や、こちらに身を乗り出すように顔を寄せてきたリンファに仰《の》け反《ぞ》る。

「よかった、目を覚ましたんだな……」

「おう、悪いな心配かけて。ずっとここにいてくれたのか？」

「い、いやっ……ついさっき来てうとうとしてしまっただけだっ」

なんだ、そうなのか。まあそれならそれでも朝早くからわざわざ見舞いに来てくれたということで悪い気はしない。

「ところで俺はどれくらい寝てた？」

「迷宮から出たのが深夜だったから……一晩ないくらいだ」

そんなもんか。何日も寝込んでいたとかではなく一安心だ。

「しかし再湧出、か……」

今後、他の迷宮でも再湧出現象は必ず起こる。あるいは既に守護者が復活している所もあるかもしれない。

原因も含め、厄介な現象であることは間違いないが、力のある冒険者や名を売りたいパーティーにとってこれは好機でもある。守護者の討伐には苦労に見合うか、それ以上の旨味があるからだ。それは俺にとっても例外ではない。

良くも悪くもこの街はしばらく騒がしくなる。……あいつも帰って――

「……その、アデム」

「ん、どうした？」

思考の海に沈みかけた俺は、リンファの言葉で現実に引き戻された。

リンファが続きを口に出そうとした時、医務室の扉が勢いよく開かれた。

「アデムさんッ！！！」

「ホムラ？」

そのますごい勢いで部屋に飛び込んできたのはホムラだった。俺と目が合ったホムラは目を見開き、その顔からは血の気が引いていた。

「あぁそんな……！　すぐに治しますっ……！　【アークヒール】！」

「うお」

相も変わらず、ことともなげに発動された最上級治癒魔法により俺の体の傷がみるみる治り、痛みが消えていく。凄まじい効果だ……以前はこんな怪我する場面がなかったから、何気に相応しい場面で使われるのは初めてだ。

恐らくギルド職員の誰かに俺のことを聞いたのだろう。わざわざ治療に来てくれたらしい。

「ありがとうホムラ、助かっ……」

「【アークヒール】」

「えっ」

「【アークヒール】【アークヒール】【アークヒール】【アークヒール】」

「いや、ちょ、ホムラ？」

既に完治したのにもかかわらず、矢継ぎ早に連発される【アークヒール】に顔が引きつる。最初その高度な魔法にただ驚いている様子だったリンファもちょっと怯《おび》えだして絶句していた。

「【セイクリッドヒール】【アークリジェネレイト】【アブソーブヒーリング】……！」

「もう治ってる治ってる！　てか何か体が熱……光ってる⁉　俺の体光り出してる‼」

過剰回復による副作用なのか、俺の体中から眩い光が溢れ出していた。怖い怖い怖い！

「アデムさーん、怪我したって聞いたっすけど……うおっ眩《まぶ》しっ」

「アデムさん……！　とうとう偉大すぎて体が輝いて……？」

後光ではない。

「ゲルド、エルシャ！　ちょうどいいところに！　ホムラを止めてくれ！」

「え？　って、ちょっとホムラ何してるのよ！」

「うわあ、めっちゃ治癒魔法撃ってるっす⁉　やめるっすよ！」

ひたすら治癒魔法を唱え続けるホムラの異常な様子に、ふたりも驚きながら止めにかかった。

「もごっ⁉　むうー⁉」

ふたりがかりで口を塞がれたことでホムラの治癒魔法連打がようやく中断される。

「むぐっ、ぷはっ！　はあ、はあ……」

「落ち着いた？　もう、一体どうしたのよホムラ」

「ご、ごめんなさい……こんな怪我してるアデムさん見たことなくて……頭が真っ白になっちゃって……！」

「いや大丈夫だ……おかげで怪我は完全に治ったしな」

「しっかしアデムさんがそんな怪我するなんてよっぽどっすね……」

「うう……私も一緒に戦えてれば……」

「アデムさんですらこうなのよ？　私たちなんかいても足手纏いにしかならないわよ」

お前らがいたらものの数分で消し炭だわ。こいつらの異様な自己評価の低さは一体何なのか。

そんな中、ふと気づいたかのようにエルシャがリンファを見やった。

「そういえばその子は？」

「あ、それ俺も気になってたっす」

「あー……えっとこいつはリンファっていって、今パーティーを組んでる相手だ」

「えっ……アデムさんの新しいパーティーメンバー、ですか……？」

ホムラが少しだけ悲し気な表情をして俺を見ようとし、その眩しさに顔を背けた。

「……君たちは？」

「私たちはアデムさんの……元パーティーメンバーです。ホムラといいます」

「ゲルドっす。よろしくっす！」

「エルシャよ」

「アデムの元パーティーメンバー……」

三人の挨拶を聞いて、何事か考え込む様子のリンファ。

「その……リンファさんはどうしてアデムさんとパーティーを？」

「それはアデムから誘われるまま……まあ成り行きだ」

「リンファさんはアデムさんと一緒に戦ったんですよね」

「あ、ああ……」

「……。その上でアデムさんはこんなに怪我を……？　リンファさんはほぼ無傷に見えるのに……？」

「ッ……そ、れは……」

ホムラの底冷えするような声に、部屋の気温が下がった気がした。ホムラの仄暗《ほのぐら》い目がリンファを見つめる。

不穏な気配を感じ取った俺は口を挟んだ。

「ホムラ、あまりリンファを責めないでやってくれ。今回は相手も悪かったんだ。なんせ守護者の再湧出だからな……」

「再湧出……!?　ちょっと、それ大事《おおごと》じゃないの！」

「うえぇ、アデムさん迷宮守護者と戦ったんすか!?」

「……！」

再湧出という言葉に、三者三様に驚いた様子を見せるエルシャたち。

「リンファはまだD等級だし、むしろよくやってくれたよ」

「え、この子D等級なの？　それでふたりで倒したの？」

「なんとかな」

「マジっすか……」

なにやら感心した様子のエルシャとゲルドだが、仮にお前らならどちらがリンファと組んでもふたりだけで倒せるはずだぞ。何なら俺より手際よく。

「……まあとにかくだ、この怪我は俺の未熟が招いた結果でもある」

実際、あの時俺がもっと早くリンファを制止できていれば負うことのなかった怪我だ。

「っ、で、でもっ」

「それに俺は前衛だ。後衛に怪我させるわけにはいかんさ。……結果的にこうして生きて帰って来れてるわけだしな」

結果オーライというか、終わりよければすべて良し的な感じである。今回は何とかなったし、あとは反省して次に活《い》かせばいいのだ。

「……アデムさんは……優しすぎます……」

「……ホムラ？」

俺のリンファへのフォローを聞いて、どこか昏《くら》い表情で目を伏せるホムラ。

そのまま数歩後退したと思うと踵を返してふらふらと出て行ってしまった。

「もっと……もっと強くならないと……もっと……」

「あ、ちょっとホムラ！」

「あちゃー……、アデムさん俺たちも失礼するっす」

「お、おう」

ホムラを追いかけてエルシャとゲルドのふたりも退室していき、部屋には浮かない表情のリンファと七色に光る俺だけが残された。

朝から、しかも医務室で騒がしいことこの上ない。部屋に他の利用者がいなくてよかったなどと考えていると、ノックの音が響いた。また来客か。

「どうぞ」

「失礼しま……何の光⁉　あ、アデムさん、どうしたんですかそれ⁉」

入ってきたのは受付嬢のカリネだった。

「あーいや、ちょっと色々あって……怪我が治った代わりにこんなことに」

「そ、そうなんですか。それはその……大変ですね？」

「それで何か用か？」

「あ、はい。ギルドマスターが話をしたいとのことで……」

「俺は危篤状態だと伝えてくれ」

「えぇ!?　いやそういうわけには……」

「じゃあ重病で面会謝絶ってことで。身体もこんなに光ってる……」

「いや光ってますけども……」

「随分元気な重病患者もいたものよのぉ」

「げ」

そんな言葉と共に部屋に入ってきたのはひとりの女性だった。

すらりとした高めの上背で均整の取れたプロポーション。艶《つや》やかな黒髪にそれを飾るように側頭部より生えた一対の角に加え、どこか異国情緒を感じさせる衣服の後ろからは龍の尾のようなものが揺れて見えた。

何より目を引くのは、その顔を覆う龍の頭を模した仮面。

一度見たら忘れられないインパクト抜群のビジュアルだ。

「げ、とはご挨拶じゃな、アデム？　カカっ」

言葉とは裏腹に愉快そうな笑いを零《こぼ》すそいつは、今現在、王国内に十人しかいないS等級到達者にしてタンデム冒険者ギルドの長を務める女。

龍人、エランツァ・ドラクゥリアその人だった。

◆

エランツァによってギルド内にある応接室へ連行された俺とリンファはソファーに座らされた。ちなみに俺の体から溢れていた光はエランツァに「鬱陶《うっとう》しい」の一言と共に消してもらえた。

「お飲み物はどうされますか？」

「妾《わらわ》は茶で頼む。お主らは？」

「じゃあコーヒーで」

「……」

「お主は？」

「こ、コーヒーで」

緊張でガチガチになったリンファがびくりと体を跳ねさせて答える。

「カカっ、相分かった。カリネ、頼む」

「かしこまりました」

リンファの様子にエランツァはクツクツと笑う。

カリネは応接室のドリッパーにあらかじめ挽《ひ》いてあった豆を投入して、手ずからコーヒーを淹《い》れ始めた。豆の香ばしい香りが鼻孔をくすぐり始める。

応接室には冒険者ギルドの威光を示すためか、値打ちのありそうな調度品が飾られており、家具ひとつとっても、中々の代物であることが窺える。中には遺物らしきものもあった。

興味をそそられた俺は席を立ち、あれこれ見て回る。

「お、これってこの間競売に出るって噂《うわさ》されてたやつだよな。競り落としたのか」

棚に飾られた天球儀のような遺物を手に取った。

「む、あぁそれか。そうじゃが……てぉぃ！　そんな無造作に触るでない！　高かったんじゃぞ!?」

「天下のギルドマスター様が何をしみったれたことを……」

「やかましいわ！　いいから大人しゅう座っとれ！」

俺は肩を竦めると、大人しく席に戻る。

「な、なんでそんな余裕そうなんだ……？」

何でと言われても、ねえ？　俺としてはこいつ相手に緊張とか精神の無駄遣いとしか思えないというか……。

少しして、俺たちの前に湯気を立てるカップが運ばれた。

「うむ、ご苦労。業務中にすまんかったの」

「いえ、また何かありましたらご用命ください」

そう言い残したカリネは俺たちにも会釈して、応接室から出て行った。

「……というわけで話なんじゃが、まずお主らが守護者の再湧出に遭遇したことについてじゃ」

「だろうな」

「といってももう裏付けはほぼ取れているがな。ほれ、忘れものじゃ」

「うおっとと」

そういって投げ渡されたのは俺の剣だった。守護者にぶん投げてそのままだったものを回収してくれたらしい。

「加えてこいつ……間違いなく守護者級のものじゃな」

続いて取り出されたのは掌に余る大きさをした球状の真っ赤な結晶体、魔晶石だった。

魔晶石は通常大気中に漂い形を持たない魔素が魔物の体内にて結晶化することで生成されるもので、一般的により強力な魔物から採れるものほど高純度とされ市場価値も高い。

さらにこの大きさとなると守護者級でなければまず採れない。現場にそれが落ちていたということが再湧出の証拠となるわけだ。

「妾自ら出向いて拾って来たのじゃ。感謝するがよいぞ？」

「そりゃどうも」

「うむ、それでな――」

俺の些《いささ》か適当な感謝にも特に気にする様子はなく話を続けるエランツァ。

再湧出はとある条件によって連鎖的に起こる現象であり、それそのものは副次的なものに過ぎない。

再湧出自体は問題の本質ではないのだ。

「――まあとにかく、再湧出が確認された以上我々は魔王発生に対して対策を取らねばならんわけだ」

「魔王……!?」

その言葉にリンファが息を呑んだ。

再湧出の条件。

即《すなわ》ちそれは周辺での魔王と呼ばれる存在の誕生を意味していた。

魔王。忌《い》まわしき邪神の尖兵《せんぺい》にして人類の最たる宿敵であり迷宮の支配者。やつらは迷宮にて突発的に生まれ、潜伏しながら人類を滅ぼすための力を蓄える。

魔王の存在は周辺の迷宮内の魔物を活発にさせる。もし放置し続ければやがて迷宮は魔物の氾濫《スタンピード》を起こし、近辺の街や村を滅ぼし始め、更に十分な力を付けた魔王が自ら動き始めれば最悪、国が亡《ほろ》ぶこととなるのだ。

数百年の昔には実際にとある国が滅ぼされ、魔王率いる魔物たちと人類での総力戦にまで発展したこともあるらしい。

魔王は新たな迷宮と共に生まれることもあれば、既存の迷宮に発生した新しいエリアに生まれることもあるため、まずはそれを探さなければならない。

よしんば見つけたとしても、魔王が潜伏する迷宮は非常に危険であり、魔王自身も恐ろしく強いとくる。

これらの要素だけでも十分すぎるほど厄介なのだが、もうひとつ、最大の難点がある。それは――

「リートニアにはすでに伝令を送った。じきに勇者が帰還する」

魔王は勇者でなければ滅ぼせない、ということだ。

勇者とは人類の中でほんの僅か、選ばれし者のみが神託によって授かることのできる職。

その職の加護を持つ者のみが魔王に致命的なダメージを与え、その命を絶つことができるのだ。

タンデムを拠点とする勇者はひとり存在し、現在は友好国であるリートニアに発生した魔王討伐の応援として派遣されている。

このタンデムで魔王が発生した以上、それを呼び戻すことになるのは当然の帰結だった。

「……そうか」

「なんじゃ反応が薄いのう」

「魔王が出たんだから、当たり前のことだろ」

「かーっ、薄情なやつじゃの！」

そう言って仮面の額あたりを掌でぺちんと叩くエランツァ。

「……話は以上か？　だったらもう――」

「あぁ、待て。最後にひとつ」

「なんだよ」

「アデムよ、お前もギルドの職員にな、」

「ならない」

「まだ全部言っとらん！」

エランツァは毎度顔を合わせる度に俺をギルド職員に勧誘してくる。俺にその気は全くないし、毎度断っているのだが一向に諦める気配はなかった。

「何度も断ってるだろ。なんで毎回毎回同じこと聞くんだ」

「気が変わっとるかもしれんじゃろ」

「ない」

「えー」

えーじゃないよ。

「絶対お主は冒険者よりギルド職員の方が向いとる！　今なら妾の右腕として好待遇を約束するぞ！」

「いらん！　確実に面倒な仕事押し付けられるだけじゃねえか！」

「なんという言い草！　師に対して恩を返そうとかそういう気概はないのか!?」

「修行にかこつけて俺に仕事処理させてただけじゃねえか！」

「ち、ちょっと待て！　師匠!?　ギルドマスターがアデムの!?」

黙って俺たちのやり取りを聞いていたリンファがたまらずといった風に声を上げた。

「いや、ギリギリ師匠じゃない」

「何でそんなこと言うんじゃーっ!?」

よよよ、とわざとらしい泣き声を上げながらソファの上で崩れ落ちるエランツァ。

実際のところ俺は、エランツァに師事していたと言える時期がある。だが、その間にやっていたことと言えばエランツァの使いっ走りのようなことであったり、身の回りの世話、あとはギルド業務の手伝いそのものがほとんどであった。

おかげで俺は今ここで働いているギルド職員のほとんどよりギルドの業務に詳しい自信がある。

一応ちゃんとした修行をつけてもらえたこともあったが、これがまた常軌を逸した過激さで俺は何度も死を覚悟したほどだった。何だかんだで得るものは大きかったかもしれないが、正直あまり思い出したくない日々だ。

　そんなわけで俺はエランツァに対しては若干の苦手意識があり、あんまり師匠とも認めたくなかった。もっと他に師匠と呼ぶに相応しい人いるし……。

「うう、あの頃は素直で可愛《かわい》らしかったのにのう……」

「それにあの仕打ち？」

「それはほれ、可愛い子ほどいじめたくなるというか……」

「性質《タチ》悪いな⁉」

　そういうとこだぞ。

「あーもう、話がそれだけならもう行くからな。リンファだって疲れてるだろうに、こんなバカみたいな話聞かせるためにいつまでも拘束してたらかわいそうだろ」

「え、いや僕は別に」

「疲れてるよな！！！」

「あ、はい……あっ」

　リンファの手を取った俺は立ち上がり、そそくさと退室しようとして、

「アデム」

　珍しく真剣さを帯びたエランツァの声に足を止めた。

「あまり無茶ばかりするなよ。今回のようなのは肝が冷える」

「……努力する」

「それと気が変わったらいつでも職員に」

「くどい！」

俺たちは今度こそ部屋を後にした。

◆

応接室から出て人気《ひとけ》のない廊下を無言で歩くことしばし、リンファが口を開いた。

「……アデム」

「ん？」

「守護者との戦い、僕のせいでお前は死ぬところだった……」

「何だ、まだ言ってんのか」

「……ッ、なんでお前はいつもそうやって……怒ろうともしないんだ⁉　僕は普段からお前のこと邪険にして……あまつさえ今回は命の危険に……！」

今にも泣き出しそうになるリンファ。俺は頬を掻《か》きながら、言葉を選ぶ。

「うーん……リンファだって別に俺を死なせようとしてあんなことしたわけじゃないだろう？　あん時庇《かば》ったのも俺が自分でできるって判断して勝手にやったことだ。普段の態度も……まあ子どものわがままみたいなもんだろ。可愛いもんさ」

「…………」

「まだ納得いかないんだったら、そうだな。もう一回ちゃんと謝ってくれればいい。それでこの話は終わりにしよう」

リンファが目を見開いた。少しばかりの静寂の中、リンファが深呼吸をひとつして、その言葉を口に出す。

「ごめん、なさい……」

「ああ、許すよ」

「っ……」

「失敗の反省は次に活かすとして、先の話をしようぜ」

「……先？」

「ああ。そうだな……まずはリンファが契約できる中位精霊を探しに行かなきゃな」

やはり効率の面でもリンファが成長するためには中位精霊との契約は最優先だろう。そう考えての発言だった。

「――できない」

「……え？」

「僕は……もう他の精霊とは契約できないんだ」

……なんだと？

「契約できないって……それはどういう」

困惑した俺の問いに答える前に、リンファの肩辺りに淡い光の球のようなものが浮かんだ。

「……この子はユノ。僕の契約精霊だ」

リンファの紹介を受けた光の球、改めユノは挨拶をするように俺の周りをくるくると回った。

「ユノは、僕との契約によって下位精霊になった……」

「下位精霊になった……？　まさか魂契《エーテル・リンク》か」

俺が心当たりを口にすると、リンファが僅かに目を見開いた。

「もしかしたら知っているかもしれないとは思ったけれど、本当に知っているんだね」

魂契とは精霊との契約形態の一種で、同時に最も強力なものだ。術者と精霊を魂の領域で深く結びつける秘奥。結んだが最後、絶対に破棄することはできず、他の精霊と契約を結ぶこともできなくなる代わりに、術者はより強力な力を手にすることができる。

その性質上、魂契を結んでいる精霊術士の契約精霊は上位精霊であることがほとんどだ。しかし、リンファが魂契を結んでいるのは下位精霊。意味もなくそんなことをするわけがない。魂契にはもうひとつ、禁忌とされる使い方があった。

「死者の精霊化、か」

「……ああ。ユノは僕の……妹なんだ」

魂契を死者の魂に作用させることで、精霊化させて現世に繋ぎとめることができるのだ。

疑似的な死者蘇生《そせい》ともいえるこの術は知れば多くの者が望むかもしれないが、実態はそう都合のいいものではない。そもそもの成功率が非常に低い上に、失敗すれば逆に自身の魂を道連れにされて命を落とすことになるのだ。

よしんば成功してもその魂は十中八九、下位精霊となり他の精霊と契約ができなくなるため、精霊術士としての大成は望めなくなってしまう。

そういった事情から、知識として知っていたアデムも実例を見たのは初めてだった。

「僕の家は代々優秀な精霊術士を輩出してきた貴族でね、僕は家督を継ぐものとして期待されていた」

日々課される厳しい訓練と教育。厳格で多忙な父とはほとんど親子としてのコミュニケーションはなく、母も幼い頃に亡くなったリンファにとって、唯一心の支えになっていたのは妹の存在だったのだという。

「ユノは生まれつき病弱だったけど、とても優しくて強い子だった。……常に病に臥《ふ》せって自分が一番辛《つら》いはずなのに、いつも僕の心配ばかりをして……。いつか病気がよくなったらふたりで色んな所に行こうって、そんな話をしてた」

そしてリンファが十二歳を迎えたことで晴れて精霊術士の職を得て、父の用意した上位精霊との契約を控えていた頃、ユノの病状が急変。

「日を追うごと、どんどん衰弱していくユノを見ていることしかできなかった。そうしてユノが息を引き取った時に僕は決めたんだ」

――ユノと魂契を結ぶことを。

「失敗して、それで死んだとしても構わなかった。それはそれでユノをひとりで行かせずに済むから」

結果は幸か不幸か。魂契による精霊化は成功し、妹は精霊となって現世に留《とど》まった。

「でも、父はこのことを知って怒り狂った。跡継ぎとして目を掛けて育てた僕が、上位精霊と契約することができなくなったことに、ね。あの男は言ったんだ、『そんなことのために』と。娘の、ユノの死を、そんなことと……！」

リンファの拳に力が入る。

「最終的に僕は家を勘当された。……追い出されなくったって、あんな家こっちから願い下げだったけれどね。それからは各地を転々として、最終的にタンデムで冒険者を始めた。そこで精霊術士として成功して、あの男の鼻を明かすんだって意気込んでね」

言ってから、リンファが自嘲気味に笑う。

「でも、上手くいかなかった。珍しい精霊術士だからって最初はちやほやされたけど、僕が下級精霊術しか使えないって分かると掌を返す。それに僕も反発して……結局パーティーから追い出される」

……なるほど、それが理由で半年に五回もパーティーから追い出されることになったのか。

「皆、命をかけて冒険者をやっている。そこに僕みたいなのがいたら、いずれいらない危険を背負うことになる……。今回君が死にかけて、理解した。僕みたいなのは人と組んじゃいけないって。だから――」

「そんなことはない」

「っ」

それまで黙って話を聞いていた俺は、リンファの言葉を遮るように口を挟んだ。

「己の力不足で仲間を危険に晒《さら》すかもって？　だったら仲間を守れるぐらい強くなりゃいい」

まあ組む相手を選ぶ必要はあるのだが。少なくとも俺はリンファに見込みがないとは全く思わない。

少なくとも今まで俺がそう感じた者たちは皆成長を果たしてきた。ちょっと、いや大分果たしすぎなくらいに。

「で、でも僕たちは……！」

「なれる」

ゆえに断言する。

「任せろ。絶対にお前を強くしてやる。……親父《おやじ》さんを見返してやろうぜ」

◆

後日、俺とリンファはギルドに併設されている修練用の広場に来ていた。

「じゃあ早速精霊を成長させる方法について説明するぞ」

「本当にそんなのあるのか……？」

「あるぞ。しかも単純。とにかく魔力を消費しまくるんだ」

「そ、それで……？」

「ん？　いやそれだけ」

「……は？」

リンファの目が訝《いぶか》し気に細められる。

まあそんな反応にもなるか。

「精霊ってようは魔素の塊みたいなもんだからな。魔力を使って、吸収してってサイクルで実はちょっとずつ成長するんだ」

「そ、そうなのか？　僕もそれなりに精霊について勉強してきたつもりだが、聞いたことないぞ……？」

「まあ普通にしてたら本当に微々たるもんだしな。中位以上の精霊だったらまず気づかんだろうぐらいの。下位ならもしかしたら実感することもあるかもしれないが、そもそも基本的に契約しないしな」

「なるほど……」

「ただ、普通に精霊術撃ってたんじゃ流石に時間がかかりすぎるからな。効率いい術式を教える」

そう言って、俺はふたつの術式をリンファにレクチャーし始めた。

ひとつは精霊と自分の間で魔力をキャッチボールし続ける術式。これによって魔力消費を抑えつつ高速で、疑似的に精霊側の消費吸収サイクルがなされるという仕組みだ。

もうひとつは周囲の魔素を効率よく魔力に変換する術式。いつも俺が使っているやつだな。

「──とまあ以上を無意識でも常に使えるようにしてもらう」

「え、常にっ⁉」

「ああ、常に。そんぐらいしないといつまで経っても成果が出ないんだ。魔力消費が途切れると成長が止まるどころか若干後退するからな。絶えず実行することでそのロスを無くす」

三歩進んで二歩下がるというやつだ。これも精霊の成長に中々気づかない大きな要因のひとつだと思われる。

ちなみに人間にも若干ではあるが同様の効果が得られるようで、まさに一石二鳥の訓練方法だ。なお俺が実践した時は元々の魔力がカスすぎて効果がないに等しかった模様。世の中クソである。

「とまあ御託はこの辺にして……教えるからやってみろ」

「あぁ、分かった……」

そうしてしばらく、例によって俺が魔力の流れをアシストしつつ術式を回してみるが、中々上手くいかない。

「……っく、どうして……！」

滝のような汗をかきながらリンファが呻くように言う。

「んー……手より心臓に近いとこのが分かりやすいかもな。ちょっと失礼」

「……心臓か……え？　ち、ちょ、まっ──！」

ムニ。

「えっ」

何の気なしに伸ばした手がローブ越しに感じたのはそんな感触。決して大きくはないが確かな存在感を主張するそれは……!?

「き、きゃあああぁぁぁっ……！」

悲鳴を上げて蹲《うずくま》るリンファ。更にこの反応、もう間違いなかった。

リンファは。

「お、女の子!?　い、いやちが、知らなくてっ！」

てんぱってしどろもどろになっていると、リンファから飛び出すように光の球、ユノが現れた。ユノが感情を表すようにチカチカと点滅すると周囲に氷の飛礫が展開される。

あ、これ撃たれるやつだ。

俺は反射的に回避行動を取ろうとする足を意志の力で縫い留めた。

罪人は裁き受けねばならんのである……。

「ぐぼあぁッ!!」

直後、容赦なく射出された氷の飛礫により吹っ飛ばされた俺は、再び医務室送りになったのであった。

◇

——最近、気づけば彼のことを目で追ってしまっていることが増えた。

◆

リンファがタンデムで冒険者として活動を始めたのは一年ほど前だった。妹のユノを精霊化させたことで生家を追い出されたリンファは、様々な場所を巡ることになった。

魔導帝国ゼノファ、山岳国家リートニア、交易都市群シエト・ルシカ——。

かたや修行で、かたや病ゆえに領地の外にほとんど出たことがないふたりにとって、世界はあまりにも広く、新鮮な刺激に満ち溢れていた。

露店での買い物、宿場町での滞在。時には野宿で夜を凌がなければならないことだってあったが、それすらもふたりなら楽しめた。

唯一、食についてはユノと共有できないことがリンファとしては申し訳なくもあり、悲しくもあったが……。

そんな生活を続ける中で、学ぶこともあった。それは舐《な》められてはいけないということである。

天与の儀で職を付与され、飲酒も可能な歳とはいえ、十二歳は見た目的にも子どもでしかない。それがひとり旅、しかも女ともなれば性質の悪い輩にとっては格好の餌食《えじき》となるのだ。

実際、悪質な露店の人間から侮られて騙されそうになることもあったし、ごろつきや夜盗崩れに襲われたことは一度や二度ではない。

とはいえリンファは曲がりなりにも精霊術士。いくらユノが下位精霊とはいってもそこらのごろつきごとき返り討ちにするのはわけなかった。

それはそれとして、こうも回数が多いと鬱陶しいし、侮られるのは不快。リンファは少しでもそういった事態を避けるために、服装や一人称を変えて性別を偽るようにした。

元より次期当主として男性的な振る舞いを教育されてきたリンファにとって、それは大した苦でもなく、効果もそれなりには実感できたために今日まで続けている。

しばらくは持たされた手切れ金を切り崩して気ままな放浪をしていたが、それをいつまでも続けているわけにはいかない。生きるためには先立つものが必要不可欠だ。

つまるところ、リンファは稼ぎを得なければならなかった。

食っていくだけなら、精霊術士としての力で何とでもしようはあったが、家を出て時間が経過し、精神的に落ち着いてきたこともあって、リンファにはこの先の目標が見えつつあった。

精霊術士としての大成だ。

ユノとふたりで名を挙げて、あのろくでなしの鼻を明かしてやる。そう考えたリンファが選んだ道は冒険者になることだった。

そうと決まれば目的地は一択。目指すは迷宮都市。

かくしてリンファとユノはこの地、タンデムで冒険者として身を立てることとなった。

冒険者になって最初のうちは良かった。珍しい精霊術士であること、元々の魔力的素養に加え魂契の影響で、比較的強力な下級精霊術が使えたこと。それらが理由で同期のパーティーメンバーからは頼りにされていた。

そんな生活に陰りが見えたのは、パーティーメンバー全員がD等級に上がってしばらくのことだった。危険度Cの迷宮にも挑戦していこうということになったのだ。

そこで、リンファの精霊術は目に見えて通用しなくなった。仲間たちがどんどん成長し、危険度Cの迷宮でも成果を出していくなかで、リンファだけが足踏みをし続けた。

リンファが下級精霊《ユノ》との魂契を打ち明けてから、そのパーティーと袂《たもと》を分かつまでそう時間はかからなかった。

そのあとはギルドの紹介を通して、また別のパーティーに参加したが結果は同じだった。最初は持《も》て囃《はや》されても、リンファに成長の余地がないことを知ると掌を返される。そんなことが続くうちに、リンファの精神はどんどんすり減っていった。

悔しかった。他の仲間たちに置いていかれるだけの自分が。情けなかった。危険度Cの魔物にまるで通用しない自分が。

ただ、何より辛かったのはユノから自分自身を責めるような感情が伝わってくることだった。

自分と魂契など結ばなければお姉《リンファ》ちゃんはこんな思いをせずに済んだのに。

――自分さえいなければ。

そんなわけあるはずがない！　悲しげに明滅するユノにそう何度も伝えた。

ユノがいなければあの家での生活など到底耐えられなかった。ユノがいてくれたから、心を壊さずに済んだ。度々そう伝えてみせても、ユノの心が晴れることはなかった。

ユノにそんな風に思わせてしまうことが、悲しかった。

どうしようもなく藻掻く日々。それはリンファの心を蝕《むしば》み、仲間へ辛く当たるようなことが増えた。


その日もリンファはパーティーを失うことになった。下級精霊術しか使えないという欠点以上に、リンファの仲間への態度も要因になっていた。

何度繰り返したか分からない喪失感。失意の中で、そいつは唐突に現れた。

アデムと名乗るその男は、とにかくお節介なやつだった。

ギルドの受付前で呆然《ぼうぜん》としていた自分をまるで猫でも持つかのようにして運び、食堂の席に放り投げられ、なにやら勝手に料理を注文しだした。

正直その時はただただ胡散臭く感じた。疑心暗鬼になっていたのもあるかもしれない。

何にせよ放っておいてほしい気分だったし、早々に立ち去ろうとしたのだがアデムの自分もパーティーを追い出されたという言葉を聞いて、ついその場に留まってしまい、結局料理にも手を付けてしまった。

そんな中あれこれとされる質問をリンファは無視していたが、最後の提案には思わず反応してしまった。

「もし特に当てがないようなら、しばらく俺とパーティーを組まないか？」

全く迷わなかったかと言えば嘘になる。しかし、同じようにパーティーを追い出された者同士で組むということがとても惨《みじ》めなことに思えた。くだらない自尊心だ。

何より、そんな風に言ってくれた人からも同じように見捨てられることが怖かった。

だから、その場ではにべもなく断った。ひどいことも言ったと思う。なのにアデムはさして気にすることもなく受付まで様子を見に来て、気づけばなし崩し的にパーティーを組んでいた。

パーティーを組んでからも、リンファは心を開くことを恐れてアデムのことを冷たくあしらい続けたが、それでもアデムは苦笑するのみ。それで自己嫌悪に陥って、またアデムに当たりが強くなる。悪循環だ。

アデムへの印象が変わったのは危険度Cの迷宮【魔晶洞】に潜った時だった。

パーティーを組んでからというもの、連日何故か危険度の低い迷宮ばかりを選ぶアデムに焦れたリンファが主張を通した形だ。どうせ見限られるなら早い方がいい、そんな気持ちもあったかもしれない。

結果から言って、その日リンファは初めて危険度Cの迷宮で成果らしい成果を上げることができた。アデムのアドバイスによるものだ。

加えて、前衛として戦うアデムの動きにも目を見張るものがあった。初めて見た時は地味と感じたその剣技で、アデムはいとも簡単に危険度Cの魔物たちを倒して見せたのだ。

その時点でもリンファにとっては驚くべきことだったが、その日はそれどころでは済まない事件に巻き込まれることになった。

迷宮守護者の再湧出。

迷宮の最奥で起こったそれは普通であれば間違いなくどうにもならない、詰みの状態だったし、リンファは己の死を悟った。

だというのにアデムはその窮地を笑い飛ばし、あまつさえ倒したことがあるなどと信じられないことまで口にしてみせたのだ。

それからはただただ驚きの連続だった。

アデムの守護者を倒す算段で致命的誤算となるはずだった、中級精霊術が使えないという問題に「やりようはある」と言い放ったのだ。

それからリンファに教授されたのは幼い頃から精霊術の厳しい教育を受けたリンファをして未知の技術。極めつけに見せられたのは他者の魔力の流れに干渉して術を発動させるというおよそ見たことも聞いたこともない絶技。

一体どこでそのような技術を身に付けたのか、剣士であるアデムが何故そのような技術を有するのか。

疑問は尽きなかったが、とにもかくにもリンファはこの訓練によって驚くべき速さで疑似的な中級精霊術を習得し、これを以て迷宮守護者を見事に追い詰めることに成功したのだ。

――ここまではよかった。台無しにしたのは、自分だ。

勝負はついたと思い込み、迂闊《うかつ》にも守護者の攻撃範囲に入ったことでリンファは針の標的となった。

「ッ！　馬鹿！　まだ来るな！」

「えっ……あ」

死んだと思った。自分では絶対に避けられない距離。反応できない速さ。迫り来るそれを前にリンファはただ目を閉じることしかできなかった。

果たして、恐れていた痛みも衝撃も、リンファを襲うことはなかった。

固く閉じていた目を開けば、そこには傷を負いながらもリンファを守るように立つアデムの姿があった。

自分のことを身を挺《てい》して庇ってくれた。その事実に、どうしようもなく嬉しいと感じてしまう自分がいて、無事にとどめを刺し終えてアデムの体を見た時にそんな感情は吹き飛んだ。

アデムの全身はリンファのせいで避けられなかった針が無数に刺さっていたのだ。

血の気が引くのを感じた。

「私の……私のせいだ……！」

「あー……？　気にすんなよ、どの道お前がいなきゃ倒せなかったんだし……」

こんな大怪我をしたというのに、アデムは一切リンファのことを責めようとはしなかった。いっそ怒ってくれた方が楽だったなどという考えが頭をよぎり、そんな自分が嫌になる。

それからは必死だった。気を失ったアデムを引きずって迷宮から脱出したリンファはすぐさま助けを呼び、何とかアデムをギルドの医務室まで運び込む。

無事に処置が完了して命に別状がないことを知らされ、緊張の糸が切れたことで一旦リンファも意識を手放した。

翌日、医務室にはアデムの元パーティーメンバーだという者たちが訪れた。アデムに掛けられた高度な治癒魔法にはもちろん、アデムが光り出したことには驚いたが、そんなことよりも彼らがとてもアデムのことを慕っているようなのが気になった。

とてもではないが、彼らがアデムのことをパーティーから追い出したようには思えなかった。いや、昨晩の時点で心のどこかで薄々は気づいていたのだ。こんなに優秀なやつがパーティーから追放などされないのでは、と。

その後、ギルドマスターの弟子だということを知って、その疑念はほぼ確信へと変わった。

アデムはリンファの心を開くためにわざわざ嘘を吐いたのだと。

もし最初の段階でそのことに気づいていれば、リンファは怒ったのかもしれない。しかし、こうして命を救われた今、そんな感情が起こるわけもなく、むしろその優しさも施しも自分には受ける資格はないように思えた。

ゆえに、アデムに事情を打ち明けて彼とのパーティーを解消しようとした。以降はひとりで活動するか、いっそ冒険者などやめてしまおうかと思っていた。

——でも、アデムはそんな僕《わたし》に可能性を、道を示してくれた。

「任せろ。絶対にお前を強くしてやる。……親父さんを見返してやろうぜ」

――その言葉で、僕たちの心は救われたんだ。

◆

うっかり胸を触られて、それで自分を男だと思われていたことがはっきりして、何故だかショックを受けた。

恥ずかしくて叫んでしまったけど、触られたこと自体には不快感を覚えていない自分を不思議に思った。

怒ったユノがアデムをぶっ飛ばした時、彼が傷つくことに焦る自分に気づいた。

ふとした時に彼のことを考えてしまうこと、目が合った時に胸が高鳴ること。

その気持ちが何なのか、リンファはまだ、知らない。

二章 Chapter 2

俺が迷宮守護者《ガーディアン》の再湧出《リポップ》に遭遇してからはや数週間。魔王発生の報《しら》せを受け、冒険者ギルドは平時以上の賑《にぎ》わいを見せていた。

魔王の存在は人々にとって脅威ではあるが、こと冒険者にとっては歓迎されることでもある。まず単純に仕事が増える。迷宮《ダンジョン》の活性化に伴って、郊外には溢《あふ》れ出てきた魔物が増えるのだ。これを討伐したり、そもそも溢れ出る前に間引くといった依頼がギルドには増えることとなる。

あとは迷宮守護者の復活であったり、迷宮変容による新エリアの発見、新たな迷宮そのものの発生などが挙げられる。

これらの現象は地域によっては非常に危険なことなのだが、ここはタンデム。世界でも有数の迷宮都市であり、集《つど》う冒険者の質も量も最高クラスを誇る。よってそれらの対処が追いつかないことなどまずあり得ない。

以上のように、魔王の発生とはタンデムの冒険者にとってはとにかく潤うイベントなのだ。

そんないつも以上の活気に包まれたギルドの食堂で、俺はリンファと昼食を摂っていた。

修練場での失態で俺は最悪痴漢として憲兵に突き出されるか、少なくともパーティーは解散かな等と覚悟していたのだが、幸い今もこうして活動を共にできている。

それどころか、リンファはユノが怒って俺を攻撃してしまったことを謝罪までしてきたのだ。リンファに非がないのはもちろんとして、妹であるユノの怒りはもっとものことで、何なら俺はあえて避《よ》けず勝手に当たったまでである。謝罪の必要はないと伝えた上で十倍返しぐらいで俺は謝った。すべての責は俺にあります。ハイ。

ところで、目の前で食事に手を付けるリンファは今、フードを被《かぶ》っていない。あの一件以来、どういう心境の変化かは分からないがフードをせず過ごすようになったのだ。

その状態で改めてリンファの顔を見てみると、これを男子と思い込んで過ごしていたことがちょっと我ながらどうかと思える。中性的と言えなくもないが、随分可愛《かわい》らしい顔の造作をしているのだ。

いやでもさ、四六時中目深《まぶか》にフード被ってると印象がさ……あと口調とか一人称とかさ……情状酌量の余地もあると思う……思わない？

俺がまじまじ見ていたことに気づいたリンファが、食事の手を止めた。

「な、なんだ？　僕の顔に何か付いてるか……？」

「いや、かわいいな、と……」

「なっ、か、かわっ……!?」

しまった、つい反射的に思考が口に……。しかもすごい断片的な部分だけ口走ってしまった。

リンファはフードを被りそっぽを向いてしまった。不愉快にさせてしまったかもしれない。最近表に出ていることが増えたユノが何やら荒ぶった動きをしている。どういう感情なんだ、それ。

「あー……すまん何か変なこと言った」

「い、いや、別に……」

もじもじと落ち着かない様子のリンファ。それっきり会話は途切れる。


「相席、いいですか？」


微妙な空気の中、食事を続けていると突然声をかけられた。声の主は受付嬢のカリネだった。

「俺は構わんぞ。リンファもいいか？」

リンファが小さく頷《うなず》く。

「ありがとうございます！　お隣、失礼しますね」

そう言って俺の隣に着席するなり、カリネは大きく伸びをした。

「んん～っ！」

「大変そうだな」

「えぇ、本当に大変ですよー！　忙しすぎて昼休憩まであっという間でした」

魔王発生に伴い増えたギルド利用者の対応や、次々舞い込む依頼の処理でギルド職員は業務に日々追われているらしい。当然受付嬢であるカリネも例外ではなく、辟易《へきえき》した様子だった。

「もう本当、大変で……この前なんて神導《しんどう》教会から聖女様が派遣されてきて……」

「神導教会から、しかも聖女が？　そんなことあるんだな」

神導教会とはタンデムの属するホルキア王国の国教であり、周辺の国家群でも最大勢力の宗教のことだ。

独自の戦力も保有し、冒険者ギルドとは一応協力関係にあるもののわざわざギルドに出向いてくる、それも聖女がというのは初めて聞いた。

「はい、私も驚きました。単身でやってきて、この一大事に是非協力したいとのことで……最初はギルドマスターが対応したんですが、ちょっと話したと思ったら適当なパーティーに紹介してやってくれなんて言って丸投げされたんですよ！」

「それはまぁ……あの人らしいな」

エランツァの適当な対応が目に浮かぶようだった。

それはそれとしてだ。

聖女というのは、勇者と同様に神託によってのみなれる特殊な職《ジョブ》のひとつで、勇者とは違い神導教会に属する人間からのみ選ばれる。

強力な治癒魔法と聖属性魔法の資質を備えており、攻守共に優れた非常に強力な職なのだが、性質上神導教会のお抱えとなるので冒険者として活動することはまずない。

例外として勇者パーティーには優秀な聖女の加入が慣例となっており、タンデムの勇者にもひとり同行していたはずだが、基本的には神導教会にて各種聖務等にあたる。

そんな聖女のうちのひとりが冒険者のパーティーに加入して活動。ちょっと驚きである。

「それは……斡旋《あっせん》されたパーティーはさぞ喜んだんじゃないか？」

「うーん……それがどうにも上手《うま》くいかないみたいで、もう三つほどパーティーを移っている状態なんですよね……」

「ええ？　なんだそりゃ」

「今何でこっちを見た」

「いや別に……」

思わずリンファに視線をやって、ジト目を返される。

「最初はA等級《ランク》のパーティーにご紹介したんですが、どうにも実力的に噛《か》み合わなかったらしくて、そのままB等級をと思ったんですがそこも……」

「その流れで今はD相当のパーティーとってところか」

苦い表情を浮かべながら頷くカリネ。

まあ、聖女と言っても皆が皆戦闘面に優れているわけでもないから、あり得るといえばあり得るか。

「このままじゃギルド始まって以来初の斡旋制限を食らった聖女が誕生してしまうかも……！」

「あー……」

「おい、だから何故《なぜ》僕を見る」

「いや……」

他意はない。

「そん時はもう潔く教会に帰ってもらえばいいだろ」

「それはそーなんですけどー……私たちもプロと言いますか。そりゃ相手が聖女様だからっていうのもありますよ？　でもそれ以前に、私たちの斡旋が上手くできてない結果でもあると考えると複雑な気分で……」

要はギルドの業務に責任感を持って臨めているというわけだ。思えばそれなりの付き合いにはなるが、彼女が新人であった頃を知る身からすれば感慨深いものを感じる。

「カリネ……立派な子に育って……」

「誰目線なんですか、それ」

雑談もほどほどに、食事を終えた俺たちはそのまま予定していた迷宮に向かうべくギルドを出る。カリネも受付の業務に戻っていった。

しかし聖女が冒険者とはね。一緒になったパーティーも気を遣ってしょうがないんじゃないだろうか。案外噛み合わないというのも、そういうところが起因していたりするのかもしれない。

ま、俺たちには関係のない話か。

◆

ギルドを出た後、俺たちは食後の腹ごなしも兼ねて普段より遠い、郊外にある危険度Cの迷宮を訪れていた。ご飯食べて急に激しく動いたらお腹《なか》痛くなるからな。ちょっと歩かないと。

「シッ」

絞るような呼気と共に振り抜いた刃が、バカでかい蝙蝠《こうもり》のような魔物の羽を切り落とす。

この手の飛んでいる魔物は剣士である俺にとって、あまり相性がよくない。何せ相手は上空にいて、こちらから仕掛けることが難しいから……なのだが世の中にはおかしなやつもいて、剣士に属する職の癖に易々《やすやす》と空の敵を叩《たた》き落としたりする。斬撃を飛ばしたり空中戦を始めたり、やりたい放題である。

無論俺にそんなことはできない。いや、厳密にはできないこともないのだが、そんなことやってたら魔力欠乏でぶっ倒れるだけなのは目に見えている。

そのため俺がその類《たぐい》を相手取る時は、後衛の傍《そば》で護衛しつつカウンターを狙う形をとることが多い。

次々飛んでくる敵を迎撃するのはそれなりにいい鍛錬になるが、正直今日はそこまで負荷をかけられてない。

何故か。


「【連鎖詠唱《チェインスペル》：尽く撃ち焦がせ《ラピッドファイア》】！」

視界に広がる無数の炎弾、それらが間断なく敵に撃ち込まれ続ける。一発一発の威力は下級精霊術の【撃ち焦がせ《ファイアバレット》】と変わらないが、これだけの数を、しかも連射されれば如何《いか》な危険度Cの魔物でもひとたまりもない。詠唱に若干の時間は要するものの、その効果は絶大だ。

稀《まれ》に撃ち漏らした個体が一矢報いようと飛び込んでくるので、俺はそれを迎撃するのみになる。

……リンファの成長が著しい。

確かに俺はリンファが強くなれるようにと色々教えはしたが、ちょっと想定以上の伸びだ。

今猛威を振るっている【連鎖詠唱：尽く撃ち焦がせ】にしても、実はリンファとユノの魔力交換を手解《てほど》きしている最中、勝手に応用して生み出した、謂《い》わばオリジナルの術式だったりする。名付けて連鎖詠唱。

お披露目《ひろめ》の際には「あの訓練法にはこんな狙いもあったんだな……！」等と言われたのだが、当然そんな狙いはない。俺としては何それ知らん……怖……という感じだ。

その旨を伝えてみても「そういうことにしておくよ」などと言って、信じていない様子だった。解《げ》せぬ……。

ともあれ、この調子ならリンファがC等級に上がるのは時間の問題で、何なら上がってすぐに危険度Bの迷宮に挑戦しても問題ないかもしれない。

そんなこんなで遭遇する魔物を殲滅《せんめつ》し続けてきたのだが、ひとつ気になる点があった。

「思ったより魔物が少ないな」

「そうか？　それなりの数はいたような気がするけど……」

「まあ普通よりは多いかもしれんが、魔王発生の影響やここが郊外の迷宮ってことを考慮するとちょっと少ない。最近他のパーティーが探索したのかもな」

言いながら迷宮を進んでいる時だった。

「……聞こえたか？」

「む、何が……これは」

突然の問いかけに怪訝《けげん》な表情を見せたリンファだったが、さっきより鮮明に響いた音に気づいて、迷宮の奥を振り向く。

人の声、それも悲鳴らしきものが聞こえたのだ。響き方からして、そう遠くはない。加えて足音を始めとした雑多な音。ひとつやふたつではなく、かなりの数だ。それらが段々と近づいてくる。

身構える俺たちの視界に、そう間を置かずそれは姿を現した。

「あれは……！」

目に入ったのは必死に走る少女、それを追う大量の魔物の群だった。

「……はっ……はっ……！　逃げて、くださぁい……！」

俺たちに気づいた少女は、自身が絶体絶命にもかかわらず、こちらの身を案じて警告の言葉を発してくる。

どれくらいの距離を逃げてきたのか。息も絶え絶え、若干ふらつく様子の少女。ここで俺たちが警告通り逃げたとして、彼女がその後無事で済むとは到底思えない。

「リンファ、いけるか？」

「任せてくれ、一網打尽《いちもうだじん》にしてやる」

俺の意図を瞬時に察したリンファが即答を返す。詠唱を開始したリンファを横目に俺は駆け出した。

逃げるどころか向かってくる俺を見て少女が目を丸くする。

「な、何をっ⁉」

「いいから走れ！」

リンファの精霊術で片づけるにしても、詠唱の時間を稼ぐ必要がある。そのためにも俺が奴らの注意を引きつけて……。

「あっ……へぶっ！」

「ちょ……⁉」

少女が盛大にこけた。べちゃりと地面に突っ伏し、慣性に従ってずざざ、と滑る。

「まずい……！」

当然、魔物はその失態を見逃してなどくれない。その牙と爪を以《もっ》て地べたに這《は》いつくばった少女に襲い掛かる。

身体強化を限界ギリギリまで脚部に集中させるが、まだ距離がある。間に合わない……！

予測される凄惨《せいさん》な未来に歯噛みするしかない。そんな俺の横を赤い光が追い越した。リンファの精霊術だ。

炎弾は魔物をいくつか弾《はじ》き飛ばし炎に巻く。中途半端な詠唱状態で無理に放ったのだろう。追撃はなかったが、時間は稼がれた。

それでも俺自身が彼女の元に辿《たど》り着くまで、ほんの少し足りない。魔物はまだいくらでもいて、後続が少女に迫る。あとほんの少しの時間でいい、それなら……！

俺は剣に魔力を纏《まと》わせる。

イメージは極限まで薄く。鋭く。

極限まで無駄を削いで練り上げたそれを渾身《こんしん》の一振りと共に弾き飛ばす。

果たして、その斬撃は軌道上の魔物を切り裂き進み、今まさに少女の首筋を食いちぎらんとする狼《おおかみ》型の魔物の首を落とした。

飛ぶ斬撃——【波刃《ウェイヴエッジ》】によって生まれた猶予、少女までの道を駆け抜けた俺は、少女と魔物の間に立ちはだかり、剣を構える。

「……っ!?」

少女の息を呑《の》む気配。

俺は彼女を安心させるべく、一瞥《いちべつ》して口角を上げて見せた。


……とまあ意気込んで飛び込んだは良いが、実のところ魔物の群に飛び込んだ段階で俺の魔力は枯渇寸前。ぶっちゃけ立ってるだけでもちょっとしんどかった。

ここまで辿り着くのに使った分もそうだが、斬撃を飛ばしたのが効いてる。あれでほとんど持っていかれた。己の貧弱魔力量が恨めしい……。

当然のことだが魔物は俺のそんな事情を考慮などしてくれない。むしろ突然の乱入者に大層ご興奮なさっておられる……。

勢いのまま、次から次へと飛び掛かってくる魔物の猛攻を、死ぬ思いで何とか凌《しの》ぐ。長くはもたないが、問題はない。あと少し時間を稼ぐだけで勝利条件は満たせる。

「【連鎖詠唱：尽く撃ち焦がせ】!!」

詠唱の言葉と共に無数の炎弾が降り注ぎ、魔物たちを焼き尽くす。さっきのような中途半端なものではない。正真正銘、本気のそれは一切の容赦なく魔物の群を殲滅せしめた。

残敵がいないことを確認した俺は、リンファに合図を送り、背後でへたり込んでいた少女に手を差し出した。

「立てるか？」

「…………」

少女はなにやらこちらをぼーっと見つめたまま反応しない。

転んだ時に頭を打ったか、もしくは精神的なショックが原因か。いずれにせよ心配した俺は、頭部の確認がてら近づきつつ、もう一度声をかける。

「大丈夫か？　どこか怪我でも……」

「……はっ、え、あ、いえ！　だ、大丈夫ですっ！」

するとと少女ははっとしたように声を上げると、あたふたしながら立ち上がろうとし、バランスを崩して倒れそうになる。俺は彼女に手を伸ばして支えた。

「おっと、無理するなよ」

「え、えと、すみません、ありがとうございい、ます……！」

少女は俯《うつむ》いて上目遣いになると、か細い声で礼を述べた。

「気にするな。礼も俺より……」

「アデム、無事か？」

駆け寄ってきたリンファに目をやる。

「おう、お陰様でな。……さっきの火球はこいつの術だ。礼ならこいつに頼む」

「は、はい。本当にありがとうございます……！」

「え、あ、あぁ……それほどのことは……」

少女の深々としたお辞儀に、リンファは照れたように頬を掻《か》く。

俺は改めて少女を見る。

純白のローブに魔杖《まじょう》。装備を見るにまず間違いなく僧侶系統の職だ。

明らかに後衛職である少女が何故こんなところでひとり魔物に追いかけられていたのか。考えられる可能性の中で最悪なものとしては、仲間が全滅して彼女だけが命からがら逃げていた、というものだが……。

「それで、えーっと、君は……」

「あ、申し遅れました。私はレティーナと申します」

「あぁ、俺は剣士のアデム、こっちは……」

「精霊術士のリンファだ」

「アデム様にリンファ様、この度は危ないところを救っていただいたこと、重ねてお礼申し上げます」

言って、もう一度レティーナが深々と腰を折る。

「ところで、何でまたひとりで、それもあれだけの魔物に追いかけられてたのか、聞いてもいいか？」

「その、実は先ほどまでパーティーの方々と探索していたのですが、突然凄《すご》い数の魔物に襲われて……」

想定外の数にパーティーは大苦戦。仲間のために、レティーナが魔物のうちいくらかを引きつけてその場を離脱したらしい。

「それはまた……随分無茶なことをしたな」

「は、はい……でもそうでもしないと……」

「仲間を助けられないと？」

「え？　あー、えーと……はい」

「……？」

なにやら歯切れが悪いが、なんにせよ早いとこはぐれたパーティーと合流させてやらんとな。さぞ心配していることだろう。

俺たちはレティーナがパーティーと合流できるまでひとまず行動をともにすることになった。

早速行こうと歩き出した段階で、レティーナが何かに気づいたように足を止めた。

「アデム様、お怪我を……!?」

視線の先、俺の脇腹部分に裂かれたような傷ができていた。先ほどの戦闘中に魔物の爪か何かが掠《かす》っていたらしい。血こそ流れていたが、そこまでの深手でもない。実際今指摘されるまで気づかなかったくらいだ。

「いや、まあ大したことは……」

「いけません！　診《み》せてください！」

言うが早いか、レティーナが俺の服をがばりと捲《まく》った。

「うお、ちょっ」

「【ヒール】」

いきなりのことに若干狼狽《うろた》える俺をよそに、レティーナが治癒魔法をかけてきた。傷へ添えられた手に淡い光が灯《とも》る。

「やっぱり僧侶だったか」

「え？　……ええと、はい、そんな感じ、です……」

「……？」

何だか妙な返事に首を傾《かし》げてる間にも、じんわりと熱を持った患部から流れる血が止まり、ゆっくりと少しずつ傷口が閉じていく。

「………」

「…………」

徐々に、しかし着実に。

………。

これさ……。

「何か……遅くないか？」

たまらずといった様子のリンファの言葉。同じことを思っていたらしい。

そう、レティーナのヒールは何か異様に遅かった。【ヒール】は初級の治癒魔法ではあるが、俺の傷自体がそもそも軽傷の部類だ。こんな完治に何十秒もかかるもんだったかな……。何かの冗談だったりするのか……？

「…………………」

ちら、と窺《うかが》い見たレティーナの表情は至って真剣そのもの、うっすら汗すら浮かんでおり、集中しているのかリンファの呟《つぶや》きは聞こえていない様子だった。冗談とかではないようだった。

ま、まあ。ようはちゃんと治れば問題はないのだ。むしろちょっとした傷にいちいち【アークヒール】みたいな大技を使われるよりよっぽど精神衛生上いいかもしれない。

その後たっぷり数分をかけて治療が終わると、レティーナは俺の脇腹から手を放す。その表情にはどこか憂いのようなものが見て取れた。

「その……申し訳ありません、時間がかかってしまって……」

「いや、問題ない。ありがとな、レティーナ」

伏し目がちにそんなことを言うレティーナに俺が素直に感謝の意を伝えると、彼女は僅《わず》かに目を見開き、固まってしまった。

「……どうかしたか？」

「あ……い、いえ、なんでもありません、はい……」

「……？　まあ怪我も治してもらったことだし、さっさとレティーナのパーティーを探そうか」

この数分で俺の魔力も多少は回復したし、ちょうどよかったと言える。そう思った時だった。

「――レティーナ様！」

そんな大声と共に、走り寄る数人の人影が見えた。間違いなく彼女のパーティーだろう。どうやら探す手間は省けたらしい。

「皆様！」

「ご無事で良かった……！」

心底ほっとしたといった表情で、先頭に立つ青年が俺に向き直る。

「あなたが助けてくださったんですね。ありがとうございます……！　聖女様にもしものことがあったらどうしようかと……！」

「……ん？　聖女？」

聞き捨てならない単語に、俺は思わずレティーナの顔を見た。

レティーナは気まずげな笑みと共に目を逸《そ》らした。

◆

レティーナと合流を果たしたパーティーは今日のところは引き返すとのことで、俺たちはそれを見送る形で別れることとなった。

俺としては先ほどの救出劇でちょっと疲れたのもあって、そのまま一緒に帰っても良かったのだが、リンファはまだまだやる気だったからな。彼女の意志を尊重してもうしばらく探索を続けることにした。どうせリンファがほとんど倒せてしまうのだし、俺の魔力が万全でなくとも問題はないしな。

しかし、まさかレティーナが例の聖女様だったとは……。

リンファの精霊術によって次々殲滅されていく魔物の群れを眺めながら、俺はレティーナについてぼんやりと思いを馳《は》せる。神導教会の聖女など、およそ自分たちとは関わりのない存在と思っていたが妙な縁もあったものだ。

ただ、彼女が聖女だと分かったことで尚更《なおさら》引っかかるのはあの治癒魔法だ。聖女の職であれば本来あの程度の術は息をするようにこなせて当然のはずなのだが……。

「アデム」

果たして原因はどこにあるのか。あの感じだと恐らくは――

「……アデム？」

「……ん、あぁすまん、何だ？」

「いや、僕の精霊術の出来はどうだったかな、と……」

「……ふむ」

そう聞かれて、俺は周囲を見渡した。きっちりとどめまで刺された魔物たちは魔晶石を残して早くもその身を魔力に還元し始めている。正に死屍累々《ししるいるい》。

得意とする術の相性もあるとはいえ、少し前まで危険度Cの魔物に手こずっていたとは思えない戦果だ。

「かなり順調、というか想定以上に良くなってる。この調子ならユノが中位精霊に昇華されるのもそう遠くないかもしれん」

「……！　本当かっ」

俺の返答に、リンファは心底嬉《うれ》しそうな笑みを浮かべる。

術の扱いが上手くなったのもそうだが、威力自体も大分底上げされてきている。ユノの成長が上手く進んでいる証拠だった。

中位精霊への昇華も数年単位はかかると思っていたのだ、このままいけば一年程度……いや、下手すれば数か月で成し遂げてしまうかもしれない。

一層張り切った様子のリンファは、それからも精霊術を景気よくぶっ放しまくり続けた。

結局、リンファが魔力欠乏寸前でも探索を続けようとしたので、見兼ねた俺がストップをかけてその日はお開きとした。

◆

「わたし、ほんとやくたたずで、だめだめでぇ……！」

「おーよしよし、辛《つら》かったのう」

「うえぇぇ……えらんつぁさまぁのんでますかぁ……？」

「飲んどる飲んどる」

ギルドに戻ると食堂でレティーナとエランツァが一緒に飲んでいた。えぇ……どういう状況……？

探索終了の報告と戦利品である魔晶石の売却を済ませるために顔を出したのだが、目に入った謎の光景に思わず足が止まった。

「うん……？」

リンファが小さく困惑の声を上げた。

幸いあちらは俺に気づいた様子はないので、こっそり用件を済ましてさっさと撤収したい。うっかり見つかろうもんなら絶対面倒臭いことになる。

決意を胸に受付を見れば、カリネと目が合った。俺はアイコンタクトを送る。彼女とはそれなりの付き合いで、俺はもはやちょっとした絆《きずな》すらあると思っている。彼女なら俺の意図をくみ取ってくれるはずだ。カリネはすべてを理解しましたとでも言うような顔で頷いて見せた。

「ギルドマスター！　アデムさんたちがお戻りですー！」

んー全く伝わってないッ！

絆とは何だったのか。いや、俺が一方的かつ勝手に感じていただけなのだが、思わぬところでそれが証明されてしまった感じがしてちょっと悲しい。

「おぉ、アデム！　リンファも！　ちょうどいいところに！　ちこう寄れ！」

「…………」

渋い顔で俺はリンファと顔を見合わせる。リンファは困惑顔だった。

見つかってしまった以上はしょうがないので、腹を括《くく》ってふたりが飲む席の前まで行く。周囲には大量の空き瓶やらが転がっていた。酒臭っ。

「ほれ、突っ立っておらんと座れ座れ！　カカカっ！」

何がそんなに愉快なのか、ケラケラ笑う酔っ払いに促されて俺は嫌々席に着いた。

エランツァの隣、対面となる形で座った俺にレティーナが気づいた。

「ふあ、あなたは……あでむさまに、りんふぁさまぁ？」

「……どうも」

「また会ったな……」

「なんじゃ、知り合いじゃったのか？」

「まあちょっとな……」

言いつつ、目の前のレティーナを見る。顔を真っ赤にし、目はとろんとしており絶妙に焦点が合っていない。完全に飲みすぎである。聖女の姿か？　これが……。

「エランツァ、聖女様相手に飲ませすぎだろう……」

「!?　待て待て、冤罪《えんざい》じゃ！　意義を申し立てるぞ！　妾《わらわ》のせいじゃないもん！」

何が、もんだよ。年齢考えろよ。若作り龍人がよ……。

仮面の奥の金眼がギロリと俺を睨《ね》め付《つ》けた。

「いらんこと考えておらんか？　何か不愉快な気配を感じたが」

「まさか」

何も思ってマセーン。本当デース。

「……カカっ！　まあよい。とにかく妾は飲ませておらんぞ。むしろ飲まされておるんじゃ」

「えぇ……？」

困惑する俺とリンファに経緯を説明し出すエランツァ。

レティーナはあの後ギルドに戻ってくるなりパーティーから除名される運びとなってしまったらしく、それによって半年以内のパーティー離脱回数が五回を達成。晴れてタンデムギルド史上初の斡旋制限聖女が爆誕してしまったらしい。

それで自棄《やけ》を起こしたレティーナは食堂でひとり晩酌を始めた。

しかしレティーナは聖女。見目も大変麗しく、年も若い。そんな女性がひとりギルドなんぞで飲んでいたら浮ついた冒険者に絡まれるのは必至。当然の如く、下心満載の冒険者がレティーナに絡みに行ったのだが——

「その戯《たわ》けはレティーナとの飲み比べに敗北し潰された」

「は？」

「ほれ、あそこに転がっておる」

エランツァが示す先、食堂の隅には泥酔して倒れる男の姿。というかひとりふたりじゃなく結構な人数が転がっていた。嘘《うそ》だろ、これ全部レティーナがやったのか……？

遅い時間帯を加味しても妙に人が少ないとは思っていたが、何やら大変なことが起こっていたらしい。

「終《しま》いにはこやつの方から絡みに行き出す始末でな。被害が拡大する前に妾が出張ってきたというわけじゃ。妾、酒強いし」

いやどういうわけだ。普通に飲むのをやめさせればよくない？　何で一緒になって飲む必要が……？　こいつがサボって飲みたかっただけじゃないのか。

仮面を少し上に跳ね上げながら酒を飲み続けるエランツァに胡乱《うろん》な目を向ける。

「な、なんじゃその目は」

「……いや別に。それで、俺に何か用か？」

「おう、そうじゃったそうじゃった。お主、レティーナをパーティーに加えてやってくれ」

「…………なんで俺なんだ？」

「得意じゃろ、こういうの」

「……斡旋制限かかってるんじゃないのか」

「じゃからこれは妾の個人的なお願いじゃ」

「……断ったら？」

「別に無理にとは言わんぞ？　まあその後この娘がどうなるか考えると些《いささ》か不憫《ふびん》じゃがの～」

レティーナの今後。ギルドの介入なしでも新しいパーティーを見つけるか、あるいは大人しく教会に出戻るか。

前者はリスクが伴う。下手をすれば性質《たち》の悪い連中に引っかかって碌《ろく》でもない目に遭う可能性がある。

後者は恥じらいだとか気まずさだとかがあるだろうが、少なくとも身の危険はない。大人しく帰ればいいと思うが。

「帰るつもりはないそうじゃ」

「…………リンファはどう思う？」

俺はリンファを窺い見る。

「僕は……君の判断に任せるよ」

神妙な表情でそう告げるリンファ。

たっぷり数秒の沈黙の後、俺は深く息を吐いた。

「……分かった、彼女をパーティーに加えてみよう」

「カカカっ、お主はそう言うと思ったぞ！　良かったのぉレティーナよ」

俺は再度、レティーナに視線を向ける。話を聞いているのか聞いていないのか、やや虚《うつ》ろな目はずっと俺の方を向いていた。

「まあ、なんだ……よろしくな」

「…………」

無反応。え、何、飲みすぎてもうほぼ意識なかったりする……？

ちょっと心配になって声をかけ続けていると、カ！　っと目を見開いたレティーナが勢いよく身を乗り出してきた。

「うおっ」

「あでむさま!!」

「は、はい!?」

「わたし、あなたのことをおしたいもうしあげておりますっ！！！」


「はぁ!?」

「!?」

「ぶふぉっ!?」


何て??

突然の告白に、思考停止に襲われる。

エランツァは飲んでいた酒を盛大に吹き出し、「か、仮面がー！」などと叫んでいる。

「あでむさま……！」

「ちょ、近い近い！」

あと酒臭い!!

「あでむさま、わたしとぉ……」

ぐいぐいと顔を近づけてくるレティーナから逃れるように身を反《そ》らすも、追いかけるようにして更に距離が近づいていき、その距離がほぼゼロになって――

「のんでくださぁいっ！」

「は？　ごぼォッ!?」

「アデムー!?」

口にぶち込まれたのは瓶。流れ込む強烈な酒精。

「ごぼぼぼっぷはッ!?　げほっげほッ!!」

「いいのみっぷりです～！　もーいっぱい！」

「ちょ、待て……ごぶッ!?」

次から次へとぶち込まれる酒、酒、酒。溺れる溺れる！

引きはがそうとするも、体ごと絡みつかれて上手くいかない！

「お、おい、レティーナ!?　アデム苦しんでないか!?」

「そんなことないですよぉ、ねぇあでむさまぁ？」

「ごぼぼ……！」

「ほら？」

「いや、どう見ても苦しんで……とにかく一旦離せ……動かない⁉」

リンファがレティーナの暴挙を止めようとしてくれていたが、相当がっしりしがみつかれているらしく、リンファの力ではどうにもならないらしい。

「え、エランツァ！　助け……！」

「ちと待て、今仮面がだな……！」

隣のエランツァに助けを求めると、濡《ぬ》れた仮面を被ったまま器用に拭きながら返される。ふざけんな後でいいだろッ、そんなんッ。

「のーんでのんでのんで！」

「がぼぼぼぼぼ⁉」

「アデムー！」

注ぎ込まれる酒、遠のく意識。

その後の記憶は、ない。

◆

目を開くと、そこにはもはや見慣れ始めた医務室の天井がこんにちは……いやおはようございます、か。最近よく会うね。クソが。

「ぐ、うぉ……気持ち悪……」

全身を襲う倦怠感《けんたいかん》に吐き気、おまけに鈍い頭痛。最悪の目覚めだった。

「…………ん？」

俺は何とか起き上がろうとして、布団の中の、というより腕に絡みつくような違和感に気が付いた。

「……………」

嫌な予感がしつつ、俺は恐る恐る布団を捲る。

そこには聖女がいた。

「嘘ぉ……」

彼女は俺の腕やら足をホールドするように抱き着き、何か服がはだけて色々際どいことになっていた。しかも俺は何故か半裸だった。なんで？

ぶわ、と冷や汗が噴き出る。次いで血の気が引く一方で、引いた血が下半身の変な所に集まるのを感じる。そんな場合じゃないって。鎮《しず》まれ愚息……！

俺はやらかしてしまったのか？　よりにもよって聖女様と……!?

何とか昨晩のことを思い出そうと試みてみる……ダメだ、まるで何も覚えていない……！　いや、だがここは仮にもギルド。そんな間違いはまずあり得ないはず。大方、酔いつぶれた俺たちを誰かがまとめてベッドに放り込んだだけだろう。

落ち着け……まずはとにかくベッドから抜け出そう。何にせよ今この状況でレティーナが起きたらやばいし、誰かに見られでもしたらもっとやばい。

眠るレティーナに抱えられるようにされた腕をゆっくりと引き抜く。よし、なんとか抜けた。

ひとまず上体を起こし、次は絡められた足を外しにかかろうとする。

「アデムさん！」

「うおおッ⁉」

バァン、と勢いよく開かれる扉。何とか反射でレティーナごと掛け布団を被って再度横になる。

入ってきたのはホムラだった。幸い布団の中にいるレティーナに気づいた様子はない。

「ほ、ホムラ……？」

「アデムさんがまた医務室に運ばれたって聞いて……！」

誰だよ余計なことしたやつ……！

「またどこか怪我をしたんですか……⁉　診せてください、すぐに治しますから……！」

「いや、してないしてない！　怪我してないから！　大丈夫だから！」

近づいてくるホムラを制止すべく、自身の無事を主張する。気づかれる前に早急にご退出願いたい。

「本当ですか……？」

「本当だって。……ほ、ほら」

俺はレティーナが見えないよう気を付けつつ、ちょうど何も着ていない上半身のみを布団から出して見せた。

「ひゃわぁっ⁉」

俺の上裸を目にしたホムラが顔を瞬時に紅潮させながら、両手で顔を隠した。やべ、ナチュラルにセクハラかこれ。

「す、すまん！　見苦しいもん見せた……」

「ま、待ってください！　見苦しくないです！　ちゃんと確認したいので隠さないでください！」

「お、おう」

布団に潜りなおそうとしたら凄い勢いで止められた。恥ずかしいだろうに、俺の安否を確認するために我慢しているのだろう、その顔は真っ赤だった。本当に優しい娘である。

「ふー、ふーっ……！」

「………」

じっくりと、もう穴でも空くんじゃないかというくらい凝視してくるホムラ。何か息が荒いんですけど、そんな無理してまで見なくても……。

「も、もういいだろ？　この通り怪我はないし、ここで寝てた理由は――」

「下半身」

「え」

「その、下半身は……！」

やたらギラついた目でそんなことを宣《のたま》いだしたホムラ。

……脱げと？

そうするといよいよ布団の違和感を隠し切れない、というかそんな事情がなくても脱ぐわけなかった。

「いや、さすがにそれはちょっと……」

「つ、あ、そ、そうですよねっ。あはは……！」

俺の渋面に、やや焦ったように言うホムラ。俺はほっとした。

「……昨日ちょっと飲みすぎてな。それで酔いつぶれてここに寝かされてただけなんだ」

「そ、そうだったんですね……すみません、私、はやとちりを……」

「いや、いいんだ。心配してくれてありがとな」

「！　い、いえそんな！」

よし、いい感じに話が終わりそうだ。このままホムラに帰ってもらって、俺も早急に脱出を――！

「んん……うーん……」

「!?」

「え……？」

突如部屋に響いた俺でも、ホムラでもない者の声。

ホムラが訝《いぶか》し気に周囲を見渡すが、他のベッドはすべて空いており、他に人はいない。

俺の額を冷汗が伝う。

「今誰かの声が……？」

「そ、そうか？　俺は何も聞こえなかったし、気のせいじゃないか？」

「そんなはずは……」

頼む……！　気づくな！　帰ってくれー！

しかし、そんな俺の祈りも虚《むな》しく、最悪の事態は起こった。

俺の被っていた布団が蠢《うごめ》いたと思うと、そのまま盛り上がり、ばさりと落ちる。


「ふぁぁ……あれ、ここは……？」


レティーナが、目覚めた。そりゃこんだけ騒がしくしたら起きるわな……。

ホムラは呆然《ぼうぜん》とした表情で固まっている。

俺は天を仰いだ。あ、天井さん、またお会いしましたね……。

俺の現実逃避を他所《よそ》に、ホムラが早くも硬直状態から復帰する。

「な、ななな!?　なんですか、あなたー!?」

「うえ……？　……あれ、アデム様？　きゃっ」

傍《かたわ》らの俺に気づいたレティーナが、俺の上半身に目線をやって短く悲鳴を上げた。

「ど、どういうことなんですか!?　だ、誰なんですか!?」

「え、えっ……えっと、レティーナと申します……その、一応聖女をやらせていただいていて……」

ホムラの誰何《すいか》に馬鹿正直に答えだすレティーナ。

「せ、聖女様!?」

マジで⁉　とでも言いたげな顔で俺を見るホムラに俺は頷きを返す。

「な、なんで聖女様がアデムさんと一緒のベッドで寝てるんですか⁉」

「あー、そのアレだ……レティーナとは昨日一緒に飲んでてな」

まあ俺は無理やり飲まされただけなのだが。

「あ、そうでした！　昨晩は大変申し訳ありませんでした……！　私、アデム様のパーティーに入れてもらえるという話で舞い上がってしまって……！」

「あ、その辺りの記憶あるんだ……」

あれだけ酔っても記憶は残るタイプらしかった。

「聖女様が……アデムさんのパーティー、に……？」

震える声で呟くホムラがぎこちない動きで首を動かし、俺とレティーナを交互に見る。

「あ、あぁ。いやまだ確定ではないんだが」

「アデムさんと聖女様が飲んで……一緒に寝てて、同じパーティーで……聖女……上位、互換……私、いらない………⁉　あわ、あばば……‼」

「お、おい、ホムラ？」

「う」

ホムラは声どころか体も震え……を通り越してなんか超振動し始めていた。

「う？」

「うわああああああああん‼」

「あ、おい、ちょっと!?」

そのまま反転、泣き叫びながら走り去ってしまった。

残された俺たちの間に微妙な空気が満ちる。

ややあってから、俺は口を開き、疲れを滲《にじ》ませた声で言った。

「……一旦、帰るわ……」

「は、はい……」

◆

一度帰って手早く身支度を整えた俺は、再びギルドに顔を出していた。元々リンファとは待ち合わせをしていたのに加え、レティーナにもパーティー加入の話を決めるために集合してもらうことになっている。

ギルドに入り、周囲を見渡す。それらしき人影はおらず、ふたりともまだ来ていないらしい。

ちょっと早かったか。

「あ、おはようございます、アデムさん!」

適当に時間を潰して待っていようと思っていたところ、耳馴染《みみなじ》みのある元気な挨拶《あいさつ》が聞こえた。

受付のカリネだった。

「……おはよう」

彼女の溌剌《はつらつ》とした挨拶とは対照的に、俺はテンションの低い挨拶を返す。まだ体調が優れないのもあるが昨日の裏切りが頭を過《よぎ》り、ついぞんざいな対応をしてしまった。

いや、彼女はエランツァから事前に俺が来たら報せるように言われていたようだし、言うなれば職務を果たしただけなので、それについて不満を持つのは逆恨みでしかないと分かってはいるのだが……。

俺のあからさまに不機嫌そうな態度に、カリネがやや怯《ひる》んだように呻《うめ》きを漏らした。彼女にも思うところがあったのか、申し訳なさそうな表情を作る。

「う……。あー……昨日は大変、でしたね？」

「おかげ様でな」

「あ、あはは……ご、ごめんなさい」

そのままカリネは「てへっ」と自分の頭を小突いて見せた。ちょっとイラっとした。

「……はあ、まあいいや。昨日、俺が酔いつぶれたあとどうなったか知ってるか？」

「あのあとのことですか？　えっと、しばらくはギルドマスターと聖女様で飲み続けていたんですが、そのうち流石《さすが》に聖女様も眠ってしまわれて……それで流石に他の冒険者の方と同じように食堂に転がしておくわけにもいかないからと、マスターが医務室へ……」

「……俺も今日、医務室で目覚めたんだけど」

「その……聖女様がひっついて離れなかったのを、面倒だからとそのまま……」

俺はこめかみを押さえた。

やっぱりあいつ《エランツァ》のせいじゃねえか！

いや、しかしだ。今の話で昨晩、俺とレティーナの間に過ちがないことはほぼ確定した。その点は安心できる。うっかり聖女様とアバンチュールなどしてた日には、どんな面倒なことになることか。

世間体もそうだし、神導教会はおっかないのである。

「アデム様！」

そんなやりとりをしていたら、ちょうど件《くだん》の聖女様が現れた。レティーナは俺の姿を見つけると、小走りでやってくる。

「すみません、お待たせしてしまいましたか……？」

「いや、俺も来てからそんなに経《た》ってない」

リンファとの待ち合わせ時間にはまだ少しある。どうせ揃《そろ》ったら朝食を摂るのだし、食堂で待つか。

「……こんなところで立っててもなんだし、そっちで座って待ってよう。カリネ、またあとで」

ぺこりと一礼するカリネに見送られながら、俺たちは食堂の席に着いた。

「もうすぐリンファも来るはずだ」

「は、はい」

「…………」

「…………」

沈黙。

どうしよう、いざこうして改めて対面するとすごい気まずい。

今朝はホムラがいたことで有耶無耶《うやむや》なまま済ましたが、冷静に考えて男女が同じベッドで夜を明かしたというのは問題である。俺としては過ちはなかったであろうということで結論づけているが、彼女の方がどう認識しているかは定かではない。

……ここはその辺りをはっきりさせておいた方がいいか。もし何か誤解があったら解いておきたい。

俺は意を決して口を開き――

「「あの」」

見事にハモった。

「……すまん、先にどうぞ」

「い、いえ大したことではないので、アデム様からお先に……！」

「いやいや、俺も別に大したことじゃないというか」

「いえいえいえ、更に大したことじゃないので……！」

そうしてしばらく譲り合いをした末に、不毛なので俺から話させてもらうことにする。

「……その、昨晩のことなんだが」

「！」

「……何もなかった、ということでいいんだよな……？」

恐る恐る聞くと、レティーナは、

「え、あ……えと、はい……」

言いながら頬を赤らめて俯いた。

…………。


え、何かあった感じ⁇

意味深なレティーナの反応に俺は固まってしまう。

レティーナはやや俯きがちに、上目遣いでちらちらとこちらを窺ってきていた。

俺は嫌な汗を流しながら、おずおずと問いかける。

「…………俺、もしかして何かやっちゃった……？」

「えぇっ？　い、いえ！　アデム様は何もしておりません！」

「俺は……？」

「あっ」

何か引っかかる言い回しを感じて呟くと、レティーナがしまったとでも言うような顔をして口元を押さえた。

え、俺が何かされた側なの⁉

「ち、違うんですっ、これは……言葉の綾《あや》といいますか……！」

わたわたと手を振りながら弁明になっていない弁明をするレティーナ。

「そ、その、私、お酒を飲むとちょっとだけおかしくなっちゃうみたいで……ですから、その、変なこととか口走ってしまっていたかもしれないんですけど、あまり気にしないでいただけるとぉ……」

「それはまあ……」

……少なくとも俺からは何もしていなくて、仮に俺がされた側でも記憶がなく、実害とかそういうのも現状ない。まだ引き返せる。

俺は数秒瞑目《めいもく》した後、切り出した。

「――何もなかった、ということで」

「は、はいぃ……」

俺はそれ以上の詮索をやめた。

人間、知らない方がいいこともあるのだ。

◆

程なくしてリンファがギルドへやってきた。

「リンファ、おはよう」

「おはようございます、リンファ様」

「あぁ……うん、おはよう」

レティーナの丁寧《ていねい》なお辞儀につられてお辞儀を返すリンファは、俺とレティーナとを見比べて何とも言えない表情を作った。まあ昨日の有様を見ているのだから無理もない。

「その、昨日は……」

「リンファ、昨日の話はもうやめとこう」

「え？　何で」

「やめて、おこう」

「わ、わかった」

俺の有無を言わせぬ圧に屈するように、リンファはそれ以上の言及をやめた。

「一応、再確認だが今日からレティーナも俺たちと活動を共にするわけだが、問題ないよな？」

「あぁ。アデムが決めたことなら僕は構わないし、僕としても聖女様が同じパーティーというのは心強いと思う」

「そうか、なら決まりだな」

「そ、それでは！」

「あぁ、改めて同じパーティーとしてよろしく頼む」

「はい！　こちらこそよろしくお願いいたします！　誠心誠意、頑張らせていただきます……！」

晴れて正式にパーティーの一員となったレティーナは、そう言って張り切った様子を見せる。

「そうと決まったところで確認しておきたいんだが、レティーナはどの程度の魔法が使えるんだ？」

「えっと……治癒魔法、防護魔法に聖属性の攻撃魔法を一応ひと通りは……」

およそ聖女の職で使えるだろう魔法は概《おおむ》ね習得しているらしかった。これだけ聞くとやはり優秀な人材に思えるが、彼女は既に五つのパーティーから戦力外通知を受けている。加えて俺の脳裏に浮かぶのは初めて会った時に掛けてもらった治癒魔法。

自己申告するレティーナも内容に反して自信なさげだ。

まず間違いなく何らかの訳あり《欠陥持ち》……。

その辺り、ここで詳しく話を聞いてしまってもいいが、ここは実際に迷宮で魔物を相手取るところを見た方が確実か。

「……よし、今日は早速迷宮に――」

くうぅ。

俺がそう言おうとした時、何やら可愛らしい音が鳴り響いた。思わずリンファを見るが、彼女はぶんぶんと首を振る。ということは。

レティーナが顔を真っ赤にして俯いていた。

「あー……とりあえず朝食にするか」

「……うぅ、すみません……」

レティーナの蚊の鳴くような声に、俺とリンファは苦笑を漏らした。

◆

朝食を済ませた俺たちは、薄暗い洞窟型の迷宮、【屍人《しびと》の巣窟《そうくつ》】にやってきた。

迷宮に入ってすぐ、リンファの傍が明るく光った。

「わっ、これって……」

突然の光、その正体はもちろんリンファの契約精霊たるユノだ。最近のユノは割とこうして気まぐれに表に出てくる。

レティーナはユノに興味津々《しんしん》な様子で眺めていた。

「そういえばまだ紹介してなかったな。僕の契約精霊のユノだ」

リンファの紹介を受けたユノが挨拶のつもりだろうか、レティーナの周りをくるくると回った。

「ユノ様ですね。私はレティーナと申します。よろしくお願いいたしますね」

事情を知らなければ、普通の下位精霊にしか見えないユノに、レティーナは俺たちにするのと変わらない丁寧な挨拶を返した。

リンファはそれを見て口元を緩ませる。

「ユノは僕にとって大事な家族なんだ。仲良くしてくれると嬉しい」

「もちろんです！　こちらこそよろしくお願いしますね？」

言って、レティーナは屈託ない微笑《ほほえ》みをユノに向けた。

そのことが嬉しいのか、ユノはほんのりと温かい色味の光を揺らがせた。

リンファとの初対面を思うと、新しいパーティーメンバーと上手くやれるかは懸念《けねん》のひとつだったが、この感じなら問題なさそうだな。

リンファの性格が丸くなったというのもそうだが、レティーナの人格は聖女に相応《ふさわ》しいものらしい。

……まあ酒癖は少々あれだが。

「っと、雑談は一旦終わりだな。敵だ」

前衛としてやや先行していた俺が敵の気配にいち早く気づいて警告を飛ばす。スケルトンが数体か。

「ここは僕とユノがやってもいいか？」

言って、前に出るリンファとユノ。

本来の目的はレティーナの力量を測ることなのだが、まあ改めてリンファたちの力を見ておいてもらうのも悪くないか。

「分かった。任せる」

今のやりとりの手前、レティーナにいいところを見せたくなったのだろう。特にユノはやる気満々と言わんばかりにギラギラ光ってる。

スケルトンとの距離はまだそれなりにある。それこそやつらはまだこちらに気づいていないぐらいに。

そこらの魔術師なら射程外の距離でリンファは詠唱を開始した。

「【二重詠唱《デュアルスペル》：氷塊よ打ち砕け《アイスストライク》】！」

選んだのは先の戦いで会得した二重詠唱。

ちょっとした岩サイズの氷塊が凄《すさ》まじい勢いでスケルトンたちに射出され、その身を粉微塵《こなみじん》にしてしまった。オーバーキルにも程があった。

「す、すごいです……！　こんな遠くからあんな大きな魔法を……!?」

「ふふん」

レティーナの感嘆に得意げになって胸を張るリンファ。ユノまでなんだか楕円《だえん》になって曲がっていた。それは胸を張ってるってことなのか……？

そんな微笑ましい一幕を挟みつつ、俺たちは次なる敵を求めて足を進めた。

元来、聖女という職は強力な存在だ。

治癒や防護の魔法はもちろん、加護や浄化に攻撃魔法まで、万能に近いほどの魔法適性を持つとされる。それこそ、魔術師や僧侶を始めとした魔法系の後衛職は聖女からすれば概ね下位互換と言ってしまえるほどの力があり、匹敵するのは勇者や剣聖といった同様に神託やそれに準ずる資格を要する職ぐらいだ。選ばれし者のみがなれる職というのは伊達《だて》ではない。

レティーナはそんな聖女のひとりだ。その適性に例外はなく、様々な術を扱える。のだが……。

迷宮の危険度はＥと低く、出現する魔物もその危険度に見合ったものしかいない。平時であれば一太刀で斬り伏せているところなのだが、今回俺はひたすらにその攻撃をいなし、時間稼ぎに徹していた。

「…………」

俺からしてみれば蝿《はえ》の止まりそうな速度の攻撃を適当に受け止めること十数合。満を持してその時は訪れた。

「【ホーリーショット】！」

声高な詠唱が響く。従って撃ち出された魔弾は、光の尾を引きながらスケルトンに肉薄し——

カコーン！

軽快な音を響かせた。

「…………？」

「…………」

果たして、その頭部に弱点である聖属性の攻撃魔法を受けたスケルトンはというと……ほぼ無傷。

衝撃で首を傾げた状態のスケルトンは心なし不思議そうな顔をしている気がした。

「せいッ」

「――！」

俺はその隙を逃さず（？）目の前のスケルトンを一刀両断した。

「えっと……その……どう、でしたか……？」

気まずそうな表情で問いかけてくるレティーナ。その後ろではリンファが口をへの字に曲げていた。

どうって……え、カスって感じだけど……。正直に言ったらまずいよな、どう考えても。

……いや、予想は付いていたのだ。何ならこの後も大体。でも一応、全部確認するべきだから……

何かこう、あるかもしれないし……！

「次行こう」

「え、あ、はい」

俺はお茶を濁した。

「【ホーリーガード】！」

「？」

「素通りしてきてるが!?」

「【ホーリーエンチャント】！」

「…………違いが分からねえ！」

「ほ、【ホーリーフィールド】ぉ……！」


「わあ、ちょっと明るい……」

「ご、ごめんなさい……私、ちゃんとやってるつもりなのに、魔法、いつもこんな風になっちゃって……」

「謝る必要はない、けど、うーむ……」

使える魔法を片っ端から見せてもらったが、結論から言って現状使い物になるものは何ひとつなかった。

防護魔法は薄紙の如く破られ、加護は掛かってるのか掛かってないのかもはや分からない程度の効果で、対不死《アンデッド》特攻の浄化魔法は周囲をほんのり明るくするだけの賑やかしと化していた。

適性とか熟練度とかそういう問題でなく、何か根本的な体質の問題としか思えなかった。それこそ俺の魔力みたいな。とにかく一度診てみるか。

「レティーナ」

「は、はいっ……」

俺が呼びかけると、レティーナはびくりと肩を揺らす。その表情にはどこか怯えのようなものが浮かんで見えた。また解雇通知を出されるとでも思ったのかもしれない。

「ちょっと手を出してもらえるか」

「え？　はい……あ、アデム様っ？」


差し出された手を取って、意識を集中する。


「何か適当に魔法を使ってくれ」

「わ、分かりました」

レティーナが困惑しながらも詠唱を始める。

そこで感じられるレティーナの魔力量に俺は目を見張る。詠唱によって動く魔力があまりに膨大だったからだ。レティーナの魔力総量は少なくなどない。いやむしろかなり多い。

俺の知る中でも一、二を争うまであるかもしれない。

ならば詠唱による魔力操作に問題があるのかと思ったが、そんなこともない。

これだけ魔力があって何故あんなへなちょこ魔法になるのか。意味不明だった。

「【ホーリーショット】！」

そうこう考えているうちに詠唱を終えたレティーナが壁に向かって魔法を放った。膨大な魔力を練って発動したはずのそれは、やはり非常に貧弱な威力で、壁にぶつかると儚《はかな》く消え去った。

「うぅ……」

相変わらずの結果を前に、レティーナがしょぼくれた声を漏らす。

だが、その一撃で俺はあることに気づいた。

「……原因が分かったかもしれない」

「ほ、本当ですか!?」

レティーナが魔法を発動した瞬間、その体内で渦巻いていた魔力の大半が放出されることなく霧散してしまったのだ。

ここから導き出される答え。

レティーナは魔力の放出口が極めて小さいのだ。

如何に巨大な水筒に酒を溜《た》めていようと、その飲み口が針の穴ほどしかなければまともに飲めはしない。それと同様のことがレティーナの身に起こっていた。魔力はあるのにそれを活用できない、謂わば俺の逆みたいな症状だった。

魔力量に対し出力が極端に低いのもこれで説明がつく。

俺はそれらの見解をレティーナに伝えた。

「そ、そんなことが……！　そ、それでっ！　私は一体どうすれば!?」

「問題はそこなんだよなぁ……」

原因が分かったならば解決策があるかというと、そう簡単でもない。なにしろまともに魔力を放出することができないのだ。そんな状態で聖女としての技能を機能などさせられるわけもない。

一応、今よりもましにできる方法がないでもないが、非常にその場凌ぎかつ、実用的とは言えない代物《しろもの》でしかない。

「ちょっと難しいかもしれん……」

「そ、そんな！」

不安げな、それでいて縋《すが》るようなレティーナの視線が俺を刺す。

「私、こんなだから、教会でも全然役に立てなくて……でも聖女なのは間違いないからって、腫物《はれもの》扱いで……」

急に重い話しだした……。

「もう、ほとんど空気みたいな扱いで、居心地も悪くて……だから、何もできない自分を変えたくて無理を言ってギルドに出向させてもらったんです……私も誰かの……皆さんのお役に立てるようになりたいんですっ……！」

「とは言ってもなぁ……」

「エランツァ様から、アデム様ならなんとかしてくれるかもって聞いて……！」

半べそをかきながら迫ってくるレティーナを押しとどめる。

リンファがレティーナを見る目が気遣わし気なそれになり、ユノも悲しみに共感するような寒色系の光を漏らした。

「アデム……なんとかしてやれないのか？」

「み、見捨てないでくださいぃ……！」

「あーもう、見捨てない！　見捨てないから！」

魔力が放出できない……しかし魔力自体は多い……んん……ん？

「なあ、役に立ちたいんだよな？」

「はい！」

「……どんな形であっても？」

「もちろんです!!」

「厳しい道のりになるが……」

「かまいません!!」

レティーナを冒険者として活躍させる手段はある。

だが、その手段で本当にいいのか……俺の中では葛藤《かっとう》があった。

レティーナの目を見る。その瞳には確かな決意が宿っているように見えた。

「……分かった。やるだけやってみよう」

「……！　お願いしますっ!!」

レティーナは、聖女らしい、花のような笑顔を見せた。

「……盛り上がってるところ悪いんだが、その手はいつまで握っているんだ……？」

それまで静観に努めていたリンファが耐えかねたように口を挟んだ。視線がじっとりしてる気がする。

「おっと、悪い……」

「え、あ……いえ……」

うっかり握ったままだった手を慌てて離すと、レティーナはその手を眺めてなにやらにぎにぎしていた。

手汗とかキモかったか……!?

「……もういいなら行かないか。それともまだこの迷宮でやることがあるかい？」

「い、いや。悪いな時間とって」

「す、すみません……私なんかのためにお付き合いいただいて……」

「……いや、構わない。パーティーだからな」

何となく不機嫌そうではあるものの、その言動は至って相手を尊重するようなものだった。リンファの精神面での成長を感じられて、俺は少しだけ笑みを漏らした。

◆

——数日後。

「そんな磨きかたじゃダメだッ！　もっと重心を落として力を込めるんだッ！　そのガラスは自らの魂と思えッ！」

「はいっ!!」

一心不乱に窓を磨くレティーナに俺は厳しい指導を入れる。

「……え？　何じゃ、この……何？」

「ん？　エランツァか。おはよう」

「あ、あぁおはよう……じゃなくての……何これ？」

「何って……窓拭きだが」

見れば分かるだろう。

「あぁ、ふーん窓拭き、なるほど…………何させとんじゃお主ッ！！？？」

早朝のギルドにエランツァの絶叫が木霊《こだま》した。

「耳痛っ……何だよ急に!?」

「何だよはこっちのセリフなんじゃが!?　何やっとるんじゃ!?」

「だから窓拭きだって。依頼だ依頼！」

「依頼ぃ……？」

エランツァが仮面の奥で訝しげに目を細める。

「そうだ。……知らないのか？　ほら、新人救済の……」

「……あー……そういえばそんなんもあったの……基本誰も受けんし忘れとったわ」

冒険者の収入源は大きくふたつ。迷宮を探索することで見つけた遺物《アーティファクト》や、倒した魔物から得た魔晶石を売却する。あるいはギルドに持ち込まれる様々な依頼を受注し、その依頼を達成し報酬をもらうか、だ。

ある程度慣れた冒険者であれば日銭程度ならどうとでも稼げるようになるのだが、まだ冒険者となって日の浅い新人はそうもいかない場合がある。

危険度の低い迷宮であっても新人にとっては常に命がけの探索になる。少しでも安全に探索するためには相応の装備を整えて挑む必要があるし、そのためには金もかかる。

そうして予算をかけて挑んだ迷宮で成果を出せればいいが、必ずしも黒字にできるとは限らない。

魔物との戦闘で怪我をすればポーションを消費するし、武器が傷めばメンテナンスに出さなければならない。

依頼も同様だし、何なら失敗に終われば丸損ということもありえる。

そういったことが続いて、資金繰りが詰んでしまい、探索もできない、依頼も受けられない……といった冒険者への救済措置のひとつとしてギルドの清掃が存在するのだ。

無論、報酬額は大したものではなく駄賃程度だが、他の援助も合わせればその日を繋《つな》ぐことぐらいはできるようになっており、しばらく続ければ探索や通常の依頼も受けられるようにもなる。

ただ、現実としてこの依頼が受けられることはほぼ皆無に等しく、半ば形骸化している。

依頼の中には、街での力仕事や単純作業などの迷宮や魔物に関わらないものも数多く存在するからだ。

それらの依頼は基本的に命の危険もなく、己が身ひとつでこなせてギルド清掃よりは大概報酬も多い。

ただし、間が悪いとそうした依頼が全くないこともあるかもしれないので、一応常設されたままとなっている。

ちなみに別に切羽詰《せっぱつ》まってるとかの事情がなくとも受注自体は可能だったりする。低賃金ゆえに誰も好んで受けたりはしないが。

「そういうわけだ。もういいか？　俺も暇じゃないんだ」

「え、すまん……っていやいや、待て待て。妾の質問への答えになっとらんて。何で聖女様に窓拭きなんぞやらせとるんって訊《き》いてるんじゃが？　あと暇じゃないって、お主見とるだけじゃん！」

もー、うるさいな……。

どう言いくるめたものか、そう考えたところで、レティーナが窓を拭く手を止めてエランツァに向き直った。

「エランツァ様、これは修行なのです」

「何……？」

「私が聖女としての責務を果たし、冒険者としても皆様のお役に立つために必要なことなのです……」

「窓拭きが……？」

澄んだ瞳で断言するレティーナにエランツァは困惑の呻きを漏らした。

「アデム、向こうの方は拭き終わったぞ」

そんな中、廊下側の窓拭きを任せていたリンファが両手にバケツを持って戻ってきた。

「お主まで一緒になって……なんかこう、疑問とか覚えんのか……？」

「え……まあアデムの言うことなんだし、何か考えがあるんだろう、と」

「いかん、すっかり毒されておる……」

エランツァは仮面を手で覆った。

毒とはなんだ、失敬な。

「……実際考えはあるんじゃろうが……妾としてもギルドが綺麗《きれい》になる分にはいいんじゃがのぉ……」

まだ釈然としなさそうながら、自分を納得させるように呟くエランツァ。

「アデム様、どうでしょうか！」

そんなやり取りを横目に、レティーナが拭きあげた窓の出来栄えを聞いてくる。

俺の指導のもと、磨き上げられた窓の数々は一点のくすみもなく、陽光を受けてキラキラと輝いていた。

「……よし！　及第点だ！」

「ありがとうございます！」

「これで及第点止まりなのか……」

ともあれ、これでギルド中の窓をあらかた拭き終えたことになる。

「よし、じゃあ一旦清掃はこの辺にしようか。他の箇所は帰ってきたらで」

「なんじゃ、探索か？」

「いや、依頼だ。ちょっと木ぃ切ってくる」

言いながら、俺たちはそそくさとギルドを後にした。

「ほう、木を…………木？　木ってなんじゃ!?」

◆

そんなわけでやってきたのは、タンデム東部の開墾地だ。鬱蒼《うっそう》とした木々が立ち並ぶ森林が現在進行形で切り拓《ひら》かれており、筋骨隆々としたおやっさんから、まだ体の出来上がっていない若者まで、多くの野郎どもがせっせと木を切ったり運んだりしている。

ひとまず、その場を取り仕切っている男に俺は声をかけた。よく鍛えられた肉体は健康的な小麦色で、白い歯とのコントラストが映えるナイスミドルだった。

「お疲れ様です。冒険者ギルドから依頼を受けて来た者です」

「おぉ、冒険者か！　助か、る……ぜ……？」

俺を見て顔を綻《ほころ》ばせた男は、背後のリンファとレティーナに気づくと語尾を萎《しぼ》ませた。

「おいおい、えらい細っこい嬢ちゃんたちだな……あんたらも作業するのかい？」

「もちろん」

「頑張りますっ！」

「そ、そうかい……じゃあまあ、早速木を切ってもらおうか。ほれ、斧《おの》はこれを使ってくれ」

「いや、僕は必要ない」

「何？」

「…………【二重詠唱：氷刃よ迸れ《アイスエッジ》】！」

瞬間、氷の刃が飛び出し、目の前の木を一撃のもと切り倒す。

「おお!?　そうか、あんた魔術師か！」

「精霊術士だ」

「なるほどなぁ」

男はリンファの精霊術に痛く感心したように頷く。どうやら魔術師の類がこの依頼を受けるのは珍しいらしい。

この手の依頼を受けるのは大体駆け出しで、ほとんどが近接職だろうしな。よしんば魔術師系の職でも、木を効率よく切るだけの威力もないだろうし、よしんば切れても魔力が持たないのだろう。

「ということは嬢ちゃんも……」

「あ、斧お借りしますね！」

「……んん？」

ひょい、と男の手から斧を取るレティーナ。

「嬢ちゃんは魔法で切らないのか？」

「斧で頑張ります!!」

「…………」

レティーナのやる気に満ち満ちた返事とは対照的に、男は微妙そうな顔をした。

「本当に大丈夫かぁ……？」

「えっと……精一杯頑張らせていただくつもりなのですが……その、ご迷惑でしょうか……？」

不安げなレティーナの問いに、男はたじろいだ。

「いやいや！　そういうわけじゃ！　……まぁ、なんだ、あんまり無茶せんようにな？」

その後、俺たちが担当するエリアと切った木の運搬について簡単な打ち合わせを行い、本格的に作業が始まった。

魔法で景気良く木を切って回ってるリンファは放っておいて問題ないとして、俺はまずレティーナに斧の扱いをレクチャーする。

「持ち方はこうで……そうそう。そんで構えはこう……そうじゃなくて、もっと半身で……よし、振ってみろ」

「えいっ！」

ややぎこちないながらも、勢いよく放たれた斧はガッという気持ちいい音と共に深く幹に突き立った。

「おお!?」

傍で様子を窺っていた男が、その細腕からは想像できない威力に目を剥《む》く。

「すげーな嬢ちゃん！　そんな形《なり》してどこにそんなパワーが……!?」

「そ、そうですか？　私、お役に立てそうですか……!?」

「おう、これなら文句なしだ！　さっきは悪かったな、疑うようなこと言って！」

これなら任せて問題なさそうだ、と男は他のエリアを見るために去っていった。

「よかったな」

「はい！」

「よし、この調子でどんどん切っていくぞ」

「分かりました！」


慣れない作業ながらも着実に動きをものにし、徐々に切るスピードも上がっていく。リンファに至っては最近成長著しいこともあって、かなりサクサク伐採しているため、俺はもっぱら切った木の枝葉を除去して運ぶ役にまわっていた。

切っては運び、運んでは切る……。

そんなサイクルを繰り返して日が暮れる頃、俺たちの担当エリアは予想を大幅に超える進捗をもって、その日の作業は終了した。

それからというもの、俺たちは毎朝日課の如くギルドを清掃してから街へ繰り出し、時に木を切り、時に土木作業を手伝って過ごした。

色々と手を打っているとはいえ、どれも決して楽な作業ではない。専業でやっている職人でも、時には嫌になることだってあるだろう。

しかし、聖女としてそんな仕事とは無縁で過ごしてきたはずのレティーナは泣き言のひとつも吐かず、毎日の作業や、俺の指導に真摯《しんし》に向き合い続けた。

あと、リンファも文句も言わず同行し、「結構いい鍛錬になるな」とか言いながら精霊術を行使し続けた。本当かよ。俺は訝しんだ。

そんな日々を一週間ほど続けたある日。

「アデム様、私、ようやく気づけました」

レティーナは柄が中程で折れた斧を見つめながら語り始めた。傍には斧の刃だけが刺さった木。叩きつけた衝撃で折れたらしい。

「道具に頼っているうちは、聖女なんて務まらないんだって」

「??」

「見ていてください。これが私が見つけた……答えです！」

言うや否や、鋭い呼気と共にレティーナが木に向かって蹴りを放った。

振り抜かれた脚は、霞《かす》むような残像だけを残し音もなく地に帰る。

空振り――ではない。

一瞬の遅れを待ち、木はまるで思い出したかのようにその幹を横たえた。響く鈍い振動。

その断面はまるで鋭利な刃に切られたかのように真っ平だった。

「アデム様……私、これで本当の聖女になれたでしょうか？」

儚げな……それでいてどこか自信に溢れたその表情はなるほど、聖女に相応しく、見る者を魅了する微笑みだ。

そんな表情を目の当たりにして、俺は思った。

……聖女とは？

◆

「おし、全員グラス持ったかぁ？　そんじゃ、乾杯！」

あちこちから一斉に、カチンという涼しげな音が響き渡る。

街の大衆食堂をほぼ貸切状態にしたそれは、開拓地で伐採に携わる者たちの慰労会だった。

そんな宴に、今俺たち三人も参加させてもらっている。

責任者の男こと、トニオを始め、作業を共にした面々からも是非にと言われ、御相伴《おしょうばん》に与《あずか》ることになったのだ。

「いやぁ、本当あんたらのおかげで随分仕事が捗《はかど》ったぜ！　毎回あんたらみたいなのが来てくれたらいいのにな！」

言って、上機嫌に笑いながら豪快に酒を呷《あお》るトニオ。

「本当すげぇよなぁ。魔術師の嬢ちゃんなんか魔法でスパスパ切っちまうし」

「精霊術士だ」

「おうそれそれ」

「武闘家の嬢も負けてねぇぞ！　何たって素手で木ぃぶっ倒した挙句、一度に何本も抱えて持ってっちまうんだから！」

「ぶ、武闘家ではないです……」

他の労働者たちも口々にリンファとレティーナを褒め称《たた》える。

貢献度が飛びぬけているのはもちろんだが、ふたりともはっきり言って容姿が良い。

見目の麗しい少女らが、本業の男を歯牙にもかけぬ活躍ぶりだったのだから、この人気も然《さ》もありなんといったところだろう。

「それに兄ちゃんも……あー、兄ちゃんは……あれだな、あれ……」

「おう、あれだよな……ほら、あれ……」

俺のことにも触れようとして、途端に語彙《ごい》力が消滅する男たち。言うこと思いついてから喋《しゃべ》りだせよ。そんで思いつかないんなら無理に何か言おうとしなくていいよ。

「こう……斧を振るフォームが……美しい、よな？」

「お、おう！　そうだぜ！　あんなに綺麗な斧振り、そうは見れねぇよ！」

「………」

絞り出されたフォローは大分苦しかった。悪気はないだろうし、気のいい連中ではあるのだが……もう、そっとしておいて欲しかった。

気を遣って褒めてくれたのだから、一応礼を言って、俺は未《いま》だチヤホヤされるふたり……特にレティーナに視線をやった。

屈強な男どもから誉め殺しにされて、レティーナは少しだけ困ったような照れ笑いを浮かべている。

その表情はとても生き生きとして、楽しげだ。

この時点で、俺の当初の狙いは概ね達せられていると言って良かった。

レティーナを冒険者として活躍させるというやつだ。

彼女は自身が聖女であるということへの強い責任感から、聖女として人々の助け、救いとなることに固執してしまっているように思えた。

しかし、別に聖女だから治癒魔法で人を救わなければならないわけではない。聖女だから聖属性で魔を祓《はら》わなければならないわけでもない。

それは冒険者でも同じことだ。何も迷宮を攻略したり、魔物を討伐することだけが人の助けになることではないということを、俺はレティーナに伝えたかった。

聖女で在る前に、彼女《レティーナ》は自分《レティーナ》らしく在ればいいのだと。

魔王誕生の騒動で力になるために来たレティーナに、その旨を伝えても、もしかしたら納得はできないかもしれない。ゆえに、俺はこの取り組みの詳細は敢《あ》えて伝えなかった。その上で、レティーナは文句も言わずにこれまでついてきたのだ。

結果、レティーナは今こうやって多くの人から感謝されている。目論見《もくろみ》は当たったのだ。

ただまぁ、誤算があるとすれば……。

「嬢ちゃん、あれやってくれよ！　あれ！」

そう言ってレティーナの前にいくつかの酒瓶を並べるトニオ。どれもコルクは抜かれていない。

ひとまとめに置かれた瓶に向かってレティーナがゆっくりと掌《てのひら》を掲げ、深呼吸する。

皆がレティーナの動向に注目し、あれほど騒がしかったはずの酒の席が途端に静まり返る。静寂の中、誰かの息を呑む音が聞こえた。

「……えいっ」

一閃《いっせん》。

残像すらも残さぬ勢いの手刀が瓶の上辺を撫《な》でる。

ズルリ。

すべての瓶の口が落ちて、からころと音を立てた。

「う、お……」

――うおおおおお!!

一拍遅れて、溢れんばかりの歓声が耳朶《じだ》を打つ。

俺は目の前の光景に頬を引《ひ》きつらせた。

唯一の誤算とはそう、彼女が……ちょっと強くなりすぎてしまったということだ。

ここしばらく、何も俺たちは依頼だけをこなし続けていたというわけではない。肉体労働などとは縁遠かったレティーナがちゃんと働けるように、俺はある術式を教えていた。

それは前衛職の冒険者なら誰しもが習得することになる身体強化術式だ。レティーナは魔力の放出に欠陥を抱えている。ならば内側で循環、消費する術式なら問題なく使えるはずという発想だ。

ただし、基本的に後衛に分類される職に就いているとその手の術式とは相性が悪くなり、行使してみても効果が薄いということも多い。同様に後衛に分類されるはずの聖女であるレティーナが、どれだけ使いこなせるかは未知数なところがあった。

それでもやらないよりはということで、依頼の前後、時間さえあればレティーナに身体強化に関する術式をあれこれと伝授し、その効果を見るために格闘技の手解きなんかも行った。

結果としてそれらの試みは功を奏した。それはもう覿面《てきめん》すぎるぐらいに。

元々聖女という職に適性があるのか、はたまたレティーナの持つ莫大な魔力量ゆえか、術式はしっかり作用した。

それどころか、レティーナは信じられないほどの早さで術式の練度を高め、あっという間に前衛職も顔負けの身体能力を得るに至ってみせたのだ。

放出に難があるだけで、体内での魔力操作に関してはむしろ非常に優れていたがゆえだ。恐らく、上手く発動できない魔法を何とかするためにこれまで努力をしてきた結果なのだろう。

「武闘家ってすげぇんだなぁ……」

「だから武闘家じゃないですよぉ！　私これでも聖女なんですからぁ！」

「ぶはは！　聖女様ときたか！　いや、でも俺らにとっては救いの聖女と言ってもいいか！」

「おうよ、レティーナちゃんは俺たちにとっての聖女様に違いねえぜ！」

「聖女！　聖女！」

『聖女！　聖女！　聖女！』

響く聖女コール。

彼女が思い描いていたものとは少し違うかもしれないが、その努力と献身が実って、今こうして彼女は多くの人に囲まれ、感謝されている。これも、ひとつの聖女としての在り方と言っていいのかもしれない。

そう思いながら眺める彼女は、手刀で封を切ったボトルから酒をラッパ飲みし始め、観客たちを更に沸かせていた。

「んぐっんぐっんぐ……ぷはぁ！」

「レティーナちゃん飲みっぷりまですげぇとかどんだけだよ⁉」

「俺らも負けてらんねえぞ！　おい、もっと酒持ってきてくれ！　おい嬢ちゃん、勝負しようぜ！」

「望むところです！　負けませんよぉ〜！」

言って、次から次へと瓶に手刀をかましてはラッパ飲みするレティーナ。

………………。

いや、やっぱこれ聖女は無理あるだろ。

「あでむさまぁ！　んふふ、のんでぇますかぁ？」

「うぉ、の、飲んでる飲んでる！　あ、俺ちょっとあっちの料理取ってくるな……！」

しまった、ぼけっと眺めてたら飛び火したぞ……！　既にだいぶ出来上がった感じのレティーナに絡まれてしまった。

ここはどうにか胡麻化《ごまか》して逃げの一手を……。

「まってくださぁい！　えへへぇ、あでむさまぁわたしぃ、お礼がしたくってぇ……」

席から離れようとしたところ、腕をがっしり掴《つか》まれた。そのホールド力はさながら万力。振りほどくどころか腕が微動だにしなかった。俺は頬を引きつらせる。

「お、お礼？　い、いやお礼なんていいぞ……！　本当、気を遣わなくていいから……！」

嫌な予感に、お礼を辞退するが、レティーナはかぶりを振る。

「それじゃぁわたしの気がすみません！　だからぁ……」

「だ、だから……？」

恐る恐る聞いてみる。

「お酌させてくださぁい！」

「がぼぉ!?」

酒瓶を相手の口に突っ込むのは酌とは言わねえよ！

いつぞやの悲劇の再演！

「おぉ！　兄ちゃん気合入ってんねえ！　俺らも負けてらんねえなぁ！」

周りの野郎どもは助けようとはしてくれないどころか、囃《はや》し立ててきてる。

俺はリンファに視線をやり、ダメもとで助けを求めた。

「ごぼ……！　リンファ……！　助け……！」

「……ふぇ？」

リンファは気の抜けた声と共に、とろんとした瞳で見返してきた。いかん、こっちも酔ってらっしゃる……!?

「むぅ……」

それでも状況を察したのか、リンファは厳しい表情を作ってこっちにやってくる。

今のレティーナを止めるのは難しいかもしれないが、それでもひとりよりふたり、リンファが助けてくれれば打開策も……！

「ずるい……」

うん？　何が？

「あれぇ、りんふぁさまぁ？」

しかし、その言葉はレティーナの注意を引いたようで、一瞬拘束が緩まる。しめた、今なら……。

そう思ったのも束《つか》の間《ま》、リンファが俺の膝の上に圧《の》し掛《か》かってきた。

「ちょ、は？　り、リンファ？」

「ずるい……わたしにもかまえ！」

「は……ぶっ!?」

その言葉と共に口に突っ込まれる酒瓶。リンファ、お前もかよッ!?

「あはぁ、わたしもぉ！」

「ごぼぼぼぼ……ッ!?」

俺の悲鳴は流し込まれる酒でくぐもり、誰に届くこともなく、やがて俺の意識と共に夜の酒場に虚しく消えた。

三章 Chapter 3

宴会から一晩明けて早朝。いつものようにギルドを訪れると、ギルドの受付近くで待つレティーナを見つけた。

俺も待ち合わせの時間より早めには来ているのだが、レティーナはほぼ毎回先に待っている。一度どれくらい待ったか聞いてみたこともあるのだが、嘘《うそ》か本当か、彼女は先ほど来たばかりと返すのみだった。

「おはようございます！」

「……おはよう。今朝も早いな」

昨日も相当飲んでいたはずなのだが、こうして遅刻どころか今日も一番乗りで、酒が残っている様子もない。聖女には何か聖なる力で酒精も浄化できるとかあるんだろうか。

俺はちょっと頭痛い。

「今日はどのような依頼でしょうか？」

「いや、今日は依頼じゃなくて迷宮《ダンジョン》探索に行こうと思う」

「そうですか、探索を……え、探索!?」

驚いたような声を上げるレティーナ。気持ちは分からんでもないが、冒険者の本分である探索に行くと言っただけでこんな反応をされたと思うと、思わず苦笑が漏れてしまう。

そもそもレティーナが冒険者ギルドにやってきたのも本来、魔王復活に際して増加した魔物の討伐や、魔王が潜む迷宮を突き止める手伝いをするためだ。レティーナが予想を遥《はる》かに超える成長を遂げた以上、いよいよその本懐を果たさせてやらねばなるまい。

「わ、私、今度こそお役に立ってみせます!!」

胸の前で拳を握りしめて、こちらへずいと身を寄せてくるレティーナ。

「近い近い」

「あ、し、失礼しました……つい」

やる気があるのはいいのだが、それが探索で空回りしないか若干心配になる。まあ何かあっても俺とリンファでフォローできるし、滅多なことにはならないか。

少ししてやってきたリンファも伴い、受付で手続きを済ませた俺たちは迷宮へと向かった。

◆

「キシャアアァァ!」

石造りの壁に反響する、ざらつくような甲高《かんだか》い威嚇音。

目の前に並ぶ二足歩行の蜥蜴《とかげ》たち。その体躯《たいく》は身の丈が二メートルに迫るほどだろうか。鋭い爪と牙、異様に発達した筋肉を覆うように体表を青白い鱗《うろこ》が覆うその魔物は蜥蜴男《リザードマン》に類する魔物の一種だった。

奴らは動きが素早く、膂力《りょりょく》も強い。知能も比較的高く戦術的な動きをしてくるため、いつぞやの屍人《グール》や水晶蟹《がに》と同じように対応できると思っていると痛い目を見ることになる。特に、群れた奴らを近接戦闘で相手取るのは容易くない。セオリーに則るのであれば、魔法や弓などの遠距離攻撃手段で近寄られる前に殲滅《せんめつ》するのがいい。

とはいえ、いつでもそういった手段が取れるとは限らない。相手が先にこちらに気づいていたら、それらの攻撃は間に合わないかもしれないし、よしんば間に合っても数によっては打ち漏らしも発生する。

現に今、俺たちが相対する蜥蜴男は既に一息で距離を詰められる位置まで来ており、もはや魔法の有効距離ではない。

じりじりと距離を詰める蜥蜴男の群れ。一触即発の空気の中、先頭の一匹が飛び掛からんと、足を撓《たわ》め——

「グギャアッ!?」

その顔面に拳を叩《たた》き込まれて、あらぬ方向へと吹っ飛んだ。

一瞬前まで蜥蜴男がいたはずの場所に、拳を振り抜いた体勢で佇《たたず》むのはレティーナだった。

目の前で起こった事象に理解が追いつかないのか、息を呑《の》むように固まる蜥蜴男たち。そんな蜥蜴男たちを待たずしてレティーナが動く。

最も近くにいた蜥蜴男へ叩き込まれる容赦ない回し蹴り。凄《すさ》まじい音と共にぶっ飛ばされた蜥蜴男は壁に激突。頑丈な石壁にその身をめり込ませた。

一拍遅れて、蜥蜴男たちが硬直から立ち直るが、時既に遅し。いや、その表現は正しくないかもしれない。

早かろうが遅かろうが、初めから蜥蜴男たちに抗《あらが》う術《すべ》などないからだ。

回し蹴りから、独楽《こま》のように半回転したレティーナはそのままの勢いを乗せて手刀を放つ。木やら瓶やらをぶった切ってみせた例の手刀である。首元に直撃した手刀は、硬い鱗をものともせずに振り抜かれ、蜥蜴男は両断された。

その直後を狙った蜥蜴男がその手の鋭利な爪を振り下ろす。その手首をレティーナは事も無げに掴《つか》んでみせると、そのまま引っ張り込むようにして裏拳を叩き込んでみせた。

どこまでも理に適《かな》った流麗な動き、されども齎《もたら》されるのは暴風雨の如き破壊そのもの。そのままの調子でレティーナは次々と蜥蜴男を葬っていく。

時間にしてみればほんの数十秒、それだけの攻防でレティーナは魔物の群れを制圧しきってしまった。空回るどころか、すぐに援護できるようにしていた俺とリンファの出る幕すらなしである。

残心まできっちりこなしたレティーナは周囲に残敵がいないことを確認すると構えを解いて振り向いた。

「どうでしょう……？」

どうって……え、ゴリラって感じだけど……。

まさかそんなことを素直に口に出すわけにもいかない。

「……いい感じだよ、うん」

「何かアドバイスなどありませんか……？」

あれだけの大立ち回りを見せても、レティーナの中ではまだ何か納得できていないらしい。見上げた向上心だった。

実際問題、俺から見ても今回の戦闘は身体能力差が勝因の大部分を占めており、格闘技術そのものはまだまだ粗削りなところもあった。

「そうだな……まず――」

俺は少し思案した後、いくつかの改善点を挙げる。


「――という感じだな。特に間合いは逐一きっちり測って立ち回った方が余計な消耗もない」

「なるほど……ありがとうございます！」

その場で一通り伝え終わったところで、探索を再開した。

ところで、迷宮を探索するにあたり魔物以外にも脅威が存在する。

「ふたりとも、ストップだ」

「？　どうかしたんですか？」

ちょうどソレを察知した俺は、ふたりを制止して壁際を見る。

微弱だが違和感のある魔力の流れ。上に視線を向け、よく見てみると不自然な隙間が覗《のぞ》いていた。

そう、罠《わな》だ。

恐らく、通った者を検知して矢か何かを射出するものだろう。

迷宮にはこういった罠が仕掛けられていることがある。種類や量は迷宮毎《ごと》にまちまちで、洞窟型の迷宮では比較的少ない傾向にあり、今いるような石造りの遺跡型では逆に多く見かけられる。

また、迷宮内の罠は勝手に生成されるものらしく、既に攻略された迷宮内であっても……何なら自分たちが一度通った場所でも警戒を怠れない。

俺は壁の中に仕込まれた感知器の位置を探し当て、試しにその辺の小石を放り投げて反応させてみる。間髪を入れずに、数歩先の空間に鋭い針のような物体が降り注いだ。

「わぁ!?」

目の前の光景に声を漏らすレティーナ。

その後、感知器を弄《いじ》って機能停止させれば罠解除完了だ。

「これでよし」

「相変わらず手際がいいな」

「こ、こんな罠が……」

レティーナは感心したように呟《つぶや》く。

「罠の対処もできるんですね……!」

「まぁな」

ひとりで活動することも多かったから、罠の発見や解除の技術も一通り修めている。適性職ではないし、以前のパーティーではエルシャが完璧以上にこなしていたため俺がやることはほぼなかったが……。

その後も何度か魔物と遭遇したが、半端な数ならリンファの先制攻撃で壊滅。ある程度多くて撃ち漏らしてもレティーナが尽《ことごと》くを拳で粉砕してみせるため、戦闘面で俺の出番はほぼない。

形式的には後衛であるリンファの護衛のような立ち位置だが、そこまで魔物が辿《たど》り着くことがないので置物と化している。

迷宮お散歩マンリターンズである。

これは早いとこリンファに等級《ランク》を上げてもらって、危険度Bの迷宮に潜らないとな。

ちなみにレティーナに関してはエランツァの采配で例外的にA等級相当の権限が付与されているらしい。なら斡旋《あっせん》制限も特例で何とかしろよと思わないでもない。

そうして幾度目かの接敵。それなりに数が多かったこともあり、討ち漏らしをレティーナが掃討している時だった。

「あ、待ちなさい！」

ひと際素早い魔物をレティーナが追った先、その足元。

「……！　止まれッ！　レティーナ！」

「え？　きゃっ⁉」

レティーナの踏んだ床の石畳が音を立てて沈み込む。

瞬間、レティーナの真上から巨大な岩石が投下された。

本来のレティーナの瞬発力なら飛び退《すさ》ってぎりぎり避《よ》けられたかもしれないが、今は魔物に気を取られていた時の不意打ち、なおかつ沈み込んだ床に足を取られて体勢を崩している。

「レティーナ!?」


リンファの悲鳴じみた叫びを背に、反射的にレティーナの方へ飛び込むが、彼女が魔物を追った先であることが災いして絶妙に距離がある。どう考えても届かない……！

脳裏に浮かぶ最悪の瞬間。

レティーナは目前の岩石から逃れるかのように身を屈《かが》める。しかしそんなことに意味はなくほんの数瞬寿命が延びるだけで、巨岩は無慈悲に迫るのみ。そして。

「せ、あああぁぁぁッ！！！」

レティーナは沈み込んだ足をバネに飛びあがりながら拳を振り上げた。体を捻《ひね》るようにして撃ちあがった拳はそのまま岩肌に突き刺さり――

バガアアアンッ。

凄まじい轟音《ごうおん》と共に巨岩は砕け散った。

……ええッ？

俺は困惑しつつも自身の体に急制動をかけて、飛び散ってきた岩の破片を剣で斬り払った。逃げていた魔物が破片の餌食《えじき》になってお陀仏《だぶつ》と化す。

破片がすべて転がり尽くして、迷宮に静寂が満ちる。余りの展開に俺もリンファもその場に固まって、何も言うことができない。

たっぷり十秒ほど経《た》って、流石《さすが》に青ざめた表情のレティーナが口を開いた。

「あ、危なかったです……！」

俺は何と返すか、数秒迷った末。

「……まぁなんだ、その……ぶ、無事で良かった」

そんな言葉を絞り出した。

◆

「……ふん、あの狸親父《たぬきおやじ》め」

タンデム冒険者ギルド。その執務室にて、ギルドマスターであるエランツァは小さく鼻を鳴らして悪態をついた。手には数枚の書面。

送り主はリートニア冒険者ギルドの長。内容を簡潔に言うと、勇者の帰還をもう少し待ってほしいというものだった。

既に魔王の所在は割れており、迷宮の攻略も大詰めな今、万全を期すためにも彼女も討伐に参加してもらいたいということらしい。それだけなら何を勝手な、と突っぱねてやってもいいのだがご丁寧《ていねい》にリートニア国王から直々の書状まで付けており、そうもいかない。

無論、それなりの見返りも提示されており、恐らく同様の書状が王都の宮廷にも送られている。

どのみち、リートニアでの魔王討伐が間近であるというのが本当なら、タンデムとしても焦って勇者を呼び戻す必要もないというのが現実だ。なにしろここは世界有数の迷宮都市、冒険者の頭数には困らず、質にしてみても、〝塔〟を目当てにS等級すら複数人が常に滞在している。ちょっとやそっと迷宮で魔物が増えたとていささかの痛痒《つうよう》もない。

国としても無下にはしないだろうし、この要求は十中八九通る。

問題はS等級の冒険者が出張る必要が出た場合だ。

「……あの塔狂いどもを呼び戻すのはなぁ……」

エランツァからするとそれは非常に面白くない事態だった。

大きなため息を吐《つ》いたところで、執務室にノックの音が響いた。

「エランツァ様、お客人をお連れいたしました」

「む……よいぞ、入れ」

ギルド職員によって恭《うやうや》しく部屋に通されたのは、神官服を着た男と小柄な少女のふたりだった。

「やあ、久しいねエランツァ」

「……はぁ。何の用じゃ、コルギオス」

「ふふ、ひどいな、人の顔を見るなりため息なんて」

コルギオス、そう呼ばれた男は抗議の言葉に反して、その態度はまるで気にした風でもなく薄ら笑いを浮かべている。

嫌味にならない程度に整った顔貌は一見で年齢が窺いにくく、若者のようにも見えるが、その身にまとうどこか泰然とした雰囲気が壮年のようにも映させる。

仕立ての良い神官服には凝った装飾が施されており、見る者が見れば彼が神導教会の枢機卿《すうききょう》の位をいただく者であることが分かるだろう。

「ただでさえこの忙しい時期に、お前みたいなやつの顔見たらため息も出るわ」

そんな、言わばお偉方の訪問を受けてもエランツァは平常運転、どころか平時より三割増しの塩対応だった。

「うーん、僕の顔そんなにダメかなぁ。これでも信徒たちには結構評判良いみたいなんだけど」

「駄目じゃな。胡散臭《うさんくさ》い若作りって感じじゃ」

「若作りって……それ君が言うのかい？」

「あ？」

「おっと、失敬。何でもないよ。なんだか随分ご機嫌斜めなようだけど、その書状が原因かな？」

Ｓ等級冒険者が割と本気の殺意を込めた睨《にら》みにも、あくまで飄々《ひょうひょう》と返すコルギオス。

「お前には関係ない。さっさと用件を話せ」

「つれないなぁ。勇者の帰還が遅れるんだろう？　それで繁忙期が延びるのが君は嫌なわけだ」

コルギオスの見透かしたような言葉にエランツァの頬が引きつる。大方教会の情報網で諸々把握の上なのだろう。この男のこういうところがエランツァは苦手だった。ちょっと話しただけで非常に疲れる。

「ええい！　いいから用件を言わんか！　用がないなら帰れ！　妾《わらわ》は忙しいのじゃっ！」

「ふふ、わかったよ。マリーメア」

一歩引いた位置でソワソワしていた少女が、コルギオスに促されて前に出た。

少女も同様に相当高位の神官服に身を包んでおり、どう見ても十代前半程度にしか見えない彼女にはひどく不釣り合いに見える。

「この子はマリーメア、司教の位に就いてもらっている。ちなみに年齢は見た目通りだよ」

「……ほう。そのなりで司教とはの」

僅《わず》かな感嘆の響き。神導教会で身を尽くしたとしても司教まで辿り着かずに一生を終える者などごまんといる中で、彼女はこの若さでその座に就いたという。並大抵の能力では到底なしえない偉業といえるだろう。

「今日用があるのは僕というより主にこの子でね。僕は付き添いみたいなものさ」

「ふむ……よい、申してみよ」

エランツァが目の前の少女、マリーメアを見やる。緊張からか、その身は細かに震え、肌は僅かに紅潮していた。

それでも瞳は何か強い意志を湛《たた》えたようにエランツァを見据えたままに、口を開き――。

◆

「だ、大丈夫か……!? っ、おい、腕が……！」

駆け寄ってきたリンファがレティーナの安否を問おうとして、彼女の右腕を見て目を見開く。

彼女の腕はあちこちが内出血で青くなっており、拳に至っては折れた骨が飛び出していた。

流石にあの大きさの岩を迎撃するのに無傷とはいかなかったようだ。

「酷《ひど》い怪我じゃないか!?」

「あぁ、すぐ処置しよう」

「ま、待ってください。大、丈夫です……!」

急ぎポーションを始めとする応急処置用具を取り出そうとしたところを、レティーナに制される。

「いや、大丈夫ったって……」

痛みを堪《こら》えるように歯を食いしばり、脂汗を流すその様は明らかに大丈夫そうではない。

例えばホムラならこのくらいの手傷でも瞬時に治して見せるだろうが、生憎《あいにく》とレティーナは治癒魔法をほぼ使えない。命に係わる類《たぐい》の怪我ではないにせよ大怪我には違いないし、迅速に処置するべきなのだが……。

「これ、くらいなら……っ」

俺の困惑を他所《よそ》にして、レティーナが呟くと腕が淡い光を帯びだした。

まさかと思ったのも束《つか》の間《ま》、みるみるうちにレティーナの腕から青みが引いて健康的な肌の色に戻っていく。そればかりか、拳から飛び出した骨がまるで逆戻りするかのように体内に収まり、傷も塞がっていった。

「なっ、治癒魔法……!? 使えるようになったのか!?」

リンファの驚きの声に、レティーナはやや残念そうな表情を作って首を振る。

「残念ながら、通常の治癒魔法とは違っていまして……」

言いつつ、レティーナは俺の方を見て何やら意味深に頷《うなず》いてきた。

「………？」

よくわからないので曖昧《あいまい》に頷きを返す。

「身体強化術式を応用したもので、あくまで自分しか治せません。アデム様に教わった術のひとつです」

「⁇」

そんなもん教えた覚えないが。

……いや、なんとなく原理は分かるし、ちょっと身に覚えはあるのだが、少なくともこんな効果があると思って教えていない。

俺が教えたのはあくまで筋線維の修復を早めるだけのもので、ようは筋トレ用の補助術式みたいなものでしかない。内部組織にしか作用せず、断じて外傷を、それも骨が飛び出るような怪我を治せるような代物《しろもの》ではないのだ。

ならば何故《なぜ》彼女のそれはここまで強力な効果を得たのか……可能性としては魔力だろう。

魔力スカスカ雑魚《ざこ》の俺と違い、レティーナには類稀《たぐいまれ》ともいえるだけの魔力量がある。その差が身体強化術式と同様にこのような結果を産んだ、と……。

自らの術式の有用性が証明されて喜ぶべきなのか、はたまたそれを使いこなせない己《おの》が魔力の乏しさを嘆くべきなのか。

「さあ、先に進みましょう！」

「…………いや、今日はこの辺で引き揚げよう」

「え」

「リンファ、いいか？」

「あぁ。僕は構わない」

リンファが頷くのを見て、俺は来た道を引き返そうとする。

「ま、まだ早いのでは。私はこの通り大丈夫ですよっ？」

言いながら右手を掲げたり、その場で正拳突きを放って見せたりするレティーナ。ヴォンヴォンと不吉な風切り音を立てている。拳でそんな音鳴ることある？

大丈夫アピールを続けるレティーナに俺は努めて優しい声音になるように語りかけた。

「……怖かったろ」

「っ……」

気丈に振る舞っているが、レティーナの体や声は僅かに震えていた。明確な死の恐怖、ともすればかつて魔物に囲まれた時以上だったかもしれない。

結果的に何とかしてしまったものの、冒険者として活動し始めて日の浅い彼女にとってそれは多大な精神的負荷だったはずだ。

そんな状態では余計な事故を招く危険も高くなるし、無理して探索を続ける必要のある局面でもない。帰還はあくまで合理的な判断だ。

「ち、違うんです。これは、その……何というか、あれです、武者震いみたいな……だ、だから……！」

それでも自分は大丈夫であると言い張るレティーナ。何が彼女をそうさせるのか。

元々、聖女としての権能をまともに使えなかったレティーナの教会での扱いがどのようなものであったか、俺は想像で推し量ることしかできないが、少なくともよいものではなかっただろう。

どこかに自分の居場所を求めて、冒険者ギルドまでやってきた。そうして今日、ようやく活躍の場を得られたと思った矢先に、自分のせいで探索が中断されると思っている。

彼女は足手まといとなることを酷く恐れているのだ。

「すまなかった」

「ど、どうしてアデム様が謝るのですか……!?」

「罠の警戒を怠ったせいでお前を危険に晒《さら》してしまった。……リーダー失格だな」

「そんなっ……あれは私が迂闊《うかつ》に動いたからで……！」

レティーナの言葉に俺は首を振る。

「このパーティーで罠の対処ができるのは俺だけだ。責任は俺にある……だからお前が気に病むようなことは何もない」

きっぱり言い切ってやると、レティーナは目を見開いてから顔を俯《うつむ》かせた。

「……私、お邪魔じゃないですか……？」

「邪魔じゃない」

「……お役に、立てますか？」

「あぁ、これからが楽しみなくらいな」

「一緒にいても、いいですか……？」

「もちろんだ。……さあ、今日はもう帰ろう。次の探索に備えてさ」

小さく響く鼻をすする音。レティーナは目元を両手で擦《こす》って、顔を上げて。

「……はい！」

少し赤くなった目でにっこりと微笑《ほほえ》んだ。

◆

「……あれ？」

「どうした？」

ギルドに入ってすぐ、レティーナがそんな声を上げて立ち止まる。視線の先を見ると、こちらを驚いた表情で凝視する少女がひとり。

「知り合いか？」

「は、はい。ええと……」

レティーナの説明を待たず、少女が駆け寄ってくる。その表情は驚きから何とも言えない形相《ぎょうそう》に変わっていく。……何か凄い怒ってない？

間近までやってきた少女は全く勢いを殺そうとせず、そのまま踏み込むと俺に向かってドロップキックを放ってきた――!?

「レティ姉を返しやがれ、です!!」

……いや何の話だ!?

理解不能な展開に虚を衝かれた俺は、それでも反射的に体に染《し》みついた動きで対処に当たる。

迫りくるドロップキックを半身になって躱《かわ》しながら、その襟首と腰当たりを掴んでキャッチ。

そのまま放り投げるのも何なので、慣性を逃がすために半回転してからその場に下ろしてやる。

「なっ……はぁっ!?」

渾身《こんしん》のドロップキックを難なくいなされた少女は、驚愕《きょうがく》の声と共にばばっと飛び退ったかと思うと、髪の毛を逆立てながら「シャーッ!!」とこちらを威嚇した。猫かな?

「ま、マリー!? 何してるんですか!?」

「レティ姉を取り返しにきた、です!」

「と、取り返すって……」

マリー、そう呼ばれた少女がこちらをキッと睨む。

「こいつがレティ姉を誑《たぶら》かしたやつ! ぶっ殺してやる! です!」

「た、たぶ……!? 誑かされてないですよ!? というかそんな汚い言葉使っちゃいけません! めっ!」

「むぐ……じゃ、じゃあ、ぶっ飛ばしてやる! です!」

レティーナに窘《たしな》められた少女は一瞬たじろいで、言葉を訂正する。

「よし！」

よくはなくない？

「覚悟！　です！」

俺の困惑を他所に、再び飛び掛かろうとする少女。それに対して、しばし呆気《あっけ》にとられていたリンファが割って入ってきた。

「何だお前、急に何のつもりだ!?」

「お前もこいつの仲間か!?　邪魔すんな！　です！」

「嫌だ、と言ったら？」

「まとめてぶっ飛ばす！　です！」

「上等だ！　かかってこい！」

途端、リンファの怒気に呼応したように赤く明滅する光球、ユノが飛び出し臨戦態勢とばかりに魔力を渦巻かせる。いやいや、こんな所で精霊術ぶっ放すのは流石にまずいって。

俺は慌ててリンファを宥《なだ》めにかかる。

「落ち着けリンファ、俺なら問題ない」

「む、しかし……！」

「これなら何回やっても捌《さば》ける」

「なぁッ……！　舐《な》めやがって……！　です！」

俺の言葉に顔を真っ赤にして激昂《げきこう》する少女。しまった、ちょっと言葉のチョイスを誤ったか。

しかし、リンファとしては彼女の様子に幾分溜飲《りゅういん》が下がったらしく、小さく鼻を鳴らしながら魔力を霧散させて下がる。

直後、殴りかかってきた少女の拳を掴み取り、受け流す。そのまま止めようかとも思ったのだが、さっきから見た目に反して中々の威力が籠っているため、できるだけ威力を逃がすように立ち回っている。ただ力が強いというよりは、瞬発力による勢いゆえかな。

などと呑気《のんき》に分析していると、今度はレティーナが間に入ってきた。

「ちょ、ちょっとマリー、やめなさいっ！」

「レティ姉、どいて！　そいつ、倒せねー！　です！」

「倒しちゃダメですよ!?」

何とかサイドから襲い掛かろうとじりじり移動する少女と、それに合わせて守備位置を調整するレティーナ。結果的にふたりして俺を中心に周りをぐるぐると回る。何なんだよこの絵面は。

周囲では騒ぎに気が付いた冒険者たちが遠巻きにこちらを見ており、「痴話喧嘩《ちわげんか》」「修羅場……？」「サイテー」などとひそひそ話しているのが聞こえる。謂《い》われのない冤罪《えんざい》が誕生した瞬間だった。勘弁して欲しい。

ぐるぐる回り続けるふたりはちょっと面白いからもうちょっと見ていたい気もするんだが、このままでは身に覚えのない風評被害によって俺の評判が落ちそうなので、いい加減真面目《まじめ》に対処に当たることにする。

「なぁ、何で俺は襲われてるんだ？」

「しらばっくれんな、です！　お前がレティ姉を迷宮なんかに連れまわしてるやつだってのは分かってる！　です！」

「連れまわされてなんかいませんよ！　私は自分で望んで迷宮に行ったんです！」

「むぐっ……」

レティーナの強い語気に、若干怯《ひる》む様子を見せた少女。動きを止めてレティーナと俺を交互に見やる。

「無理やりじゃねー、です？」

「違います」

「本当に？」

「本当です！」

「…………むぅ」

ようやく落ち着いてくれたのか、少女が構えを解いた。

「もう……ほら、アデム様にごめんなさいしましょう？」

「………………」

「マリー……？」

「う……ごめんなさい、です……」

レティーナの悲しげな問いかけに、少女はびくりと肩を震わせると、不承不承といった様子で謝罪の言葉を口にした。

「申し訳ありませんアデム様。私からも謝罪いたしますので、どうかお許しを……」

「別に怒ってないから、頭を上げてくれ」

突然の襲撃には驚いたものの、内容としては子どもにじゃれつかれたようなもので実害もない。別段腹を立てるような道理もなかった。

俺は未だこちらを恨めし気に睨む少女を一瞥《いちべつ》する。

「……それでその子は？」

レティ姉という呼称から妹かとも思ったが、見比べてみて似ているところは特にない。

「はい、この子はマリー……マリーメアといって、なんと神導教会の司教なんですよ！」

「司教？　この子が？」

俺はまじまじと少女、マリーメアを眺める。司教というと、神導教会でも上から数えた方が早い役職だ。高めに見積もってもせいぜい十三歳かそこらにしか見えない彼女には、非常に似つかわしくないと言える。仮にこれが自己申告であったのなら、子どもの戯言《ざれごと》として一笑に付していたかもしれない。

仕立てのよい神官服と頭を覆うベールはそれぞれ手の凝った装飾が施されており、聖女であるレティーナの証言も合わせて彼女が司教位であるのは事実なのだろう。

「……なんか文句あるのかよ、です」

「いや別に」

大変不愉快そうなマリーメア。無遠慮に見すぎたかと反省し、彼女から視線を逸《そ》らす。

「さっきからレティ姉って呼ばれてるけど、妹ってわけでは……？」

「あぁ、いえ、血の繋《つな》がりなどはないですよ。妹のようには思っていますが」

レティーナの妹のよう、という言葉に反応してマリーメアが顔を輝かせる。ん？　何かベールが動いてる……？

「あの、それでマリー、私を迎えに来たというのは……？」

ひとまず場が落ち着いたことで、レティーナがおずおずと疑問を口にした。

「マリーが任務に行ってる間にレティ姉が冒険者ギルドなんかに行ったって聞いた、です。中々帰ってこねーから迎えに来た、です」

「そ、そうなんですか……」

「だから早く一緒に帰るぞ、です」

「その、マリー……私はまだここでやるべきことがあるので帰れません」

「……!?」

レティーナの言葉に驚愕したように目を剥《む》く。

「な、なんで!?　です!?」

「私は魔王発生による民の被害を少しでも減らすためにここを訪れました。少なくとも魔王討伐までは活動を続けるつもりです」

「そんなのレティ姉がやる必要ねーだろ!?　です！」

「……私はこれまで聖女としての責務を碌《ろく》に果たせずにいました。ですが、今度こそは私なんかでもお役に立てそうなのです」

「それでもっ、レティ姉は冒険者なんて野蛮な奴らとかかわっちゃいけねー……です！」

「マリー……」

聞き分けのない子どものように、頑《かたく》なにレティーナが冒険者として活動するのを拒むマリーメア。

一方で、その言葉は間違いなく自分を慮《おもんぱか》っていることが分かるからこそ、レティーナは彼女をどう説得するべきか迷う。

まだ情緒の幼げなマリーメアと、それを優しく諭《さと》そうとするレティーナ。本当の姉妹でないにせよ、そこには確かに姉の威厳のようなものが感じられた。

「マリー、あのね――」

やや時間をかけて選んだ言葉を口にしようとして、

「あとレティ姉、弱っちいもん、です」

「――よ、よわっ⁉」

マリーメアの辛辣《しんらつ》な発言に激しく狼狽《うろた》えた。おっと……？

「よわよわなレティ姉が迷宮なんて行ったら命がいくつあっても足りねー、です！　危ないことするな！　です！」

「よわよわっ⁉　も、もう弱っちくないですよっ！」

「レティ姉、自分でいつも言ってるだろ、です。嘘はよくないって」

「嘘じゃないですー！」

どうしよう、目の前で子どもの喧嘩みたいなのが始まったぞ。いや少なくとも片方は子どもに違いないんだが……レティーナが同レベルなのは……。姉の威厳は気のせいだったらしい。

「じゃあ分かりました！　マリーも一緒に迷宮へ行きましょう！　私がよわよわではなく、つよつよということを証明します！」

「行くわけねー、です。ほら、もうさっさと帰ろう、です」

「なんでですかー！」

マリーメアの返答はにべもない。まあ危ないからレティーナに迷宮に行って欲しくないって言ってるんだから、そりゃ一緒に行くわけもないわな。ともあれ話は平行線かと思われた時だった。

「怖いのか？　迷宮が」

投げかけられる多分に嘲りを含んだ言葉。リンファだった。

「……あ？」

「素直に言えば良いじゃないか。迷宮が怖いから行けませんってさ」

「誰がそんなこと言ったよ!?　です!!」

「無理しなくてもいいぞ。仕方のないことだ。お子ちゃまに迷宮はまだ早いもんな」

「お、おいリンファ……」

とんでもない煽《あお》りようだった。マリーメアはもはや言葉をなくして口をパクパクしている。あんまり頭にくると言葉出ない時あるよね。

「……てやる」

「え……？」

怒りでぷるぷると震えるマリーメアが、何事かを口にする。レティーナが聞き返すと、マリーメアはカッ、と目を見開いた。

「行ってやろーじゃねえーかッ！　ですッ!!　迷宮でもなんでもよォ！」

「！　ほ、本当ですかっ？」

「その代わり、レティ姉がつよつよだと証明できなかったら素直に帰るぞ、です」

「いいでしょう！　そうと決まれば善は急げです！　行きましょう、アデム様！　リンファ様！」

「ああ」

「……え、あ、うん……」

流れで俺も頷きを返してしまう。

……え、今から行くの？

よくわからない成り行きで再び迷宮にとんぼ返りする流れになってしまった。時間的には早めに切り上げてきたので、ちょっとレティーナの力（文字通り）を見せるくらいは問題ないのだが……。

「さっさと行くぞ、です」

「まあ待て」

「なんだよ、です」

俺としてもさっさと行って済ませたい気持ちは山々だが、物事には手順というものがある。

「まずは冒険者登録を済ませないといけない」

「……？　誰のだよ、です」

「お前のだ」

「は？」

マリーメアが眉根に皺《しわ》を寄せる。

「マリーは冒険者になんかなる気はねーぞ！　です！」

「だとしても、迷宮に入るためには必要なんだよ」

迷宮は国の所有物であり、原則として許可なしでは立ち入れない。そんな中で冒険者ギルドは国から迷宮の管轄を委託された唯一の組織であり、俺たち冒険者はその管理のもと迷宮探索を許されているのだ。

よって、直接国に仕えているわけでもないマリーメアが迷宮に入るには、冒険者としての登録が必須となる。教会のお偉いさんでも例外はない。

その旨を説明するとマリーメアは露骨に顔を顰《しか》めた。

「めんどくせー、です……」

「そうは言ってもな」

規則だからどうしようもない。許可なしに迷宮に潜り込んで、もしそれがバレたら迷宮犯罪者として処罰されてしまう。

「しゃーねー、です……。じゃあ早く登録して行くぞ、です！」

「あ、おい……」

俺の呼びかけを無視して足早に受付に突撃するマリーメアア。

「登録しろ！　です！」

「冒険者登録ですね。ではこちらの記入事項を……文字は書けますか？」

「書ける、です！　……名前だけ！」

「では代筆いたしますね」

多分に突っ込みどころのあるやり取りだが、受付の男性職員は至って冷静な対応だ。手慣れたものである。

口頭で伝えられる必要事項を職員が手元の用紙に書き込んでいく。

「……はい、登録に必要な手続きは以上となります。これから冒険者認識票《ギルドタグ》を発行しますので、今からですと……また明日以降にお受け取りにお越しください」

「わかった、です！　……おい！　これで迷宮に行けるか？　です！」

「いや、それなんだが……」

「まだなんかありやがるのか!?　です！」

「認識票がないと迷宮探索の申請は……できない」

「つまり？」

「今日行くのは無理」

「…………はあああぁぁぁぁ!?」

ギルドにて発行される冒険者認識票。掌《てのひら》に収まるサイズのこれには冒険者の経歴や実績が記録され、ある程度以上の等級になれば一種の身分証明書としても機能する優れものだ。

ギルドでの各種手続きにも必須であり、これがなければ冒険者は迷宮探索の申請や依頼を受けるといったことが一切できない。

初登録時の発行にもある程度時間が必要で、仮に朝一に登録を済ませたとしてももらえるのは早くて昼過ぎかそこらといったところか。とうに昼を回った今からでは、明日以降の受け取りになるのは妥当といえる。

「だ、騙《だま》しやがったな！　です!?」

「いや、騙してはないだろ」

「登録したらすぐ行けるって言っただろ！　です！」

「言ってない言ってない」

迷宮に入るには冒険者登録が必要としか言ってない。何なら今日は恐らく探索できない旨を伝えようともした。

「なんとかならねーのか!?　です！」

「申し訳ありません、規則ですので……」

受付の職員は苦笑い気味に返す。

「ぐ、ぬぬぬ……！」

思わぬところで出鼻を挫《くじ》かれたのがそんなに癪《しゃく》だったのか、マリーメアが低い唸《うな》り声を出す。

「本当に騒がしいやつだな……もうちょっと静かにできないのか？」

「あぁん⁉」

リンファの言葉にぐりん、と振り向いてメンチを切るマリーメア。首の傾きがチンピラそのものだった。

「ちょ、ちょっとマリー……リンファ様も、あまりマリーをいじめるのは……」

「レティ姉⁉　誰がこんなちんちくりんにいじめられるかッ！　ですッ！」

「ちんちくっ……⁉　どう考えてもお前の方がちんちくりんだろ！」

「はあぁぁ⁉　もっぺん言ってみやがれ、です‼」

「ちんちくりん！」

「むがああ！　ぶっ飛ばす！」

「やるか⁉」

再びわちゃわちゃしだすリンファとマリーメア。このふたり、どうにも反《そ》りが合わないらしい。一見すると子どもの喧嘩みたいで微笑ましく思えないこともないが、現実は双方に濃密な魔力が渦巻き始めており、一触即発である。繰り返しになるが、ギルド内で派手な揉《も》め事《ごと》はご法度《はっと》だ。内装でも壊そうもんならそれなりの処罰が待っている。

「だから落ち着けって、リンファ……」

「マリーも、もう暴れちゃだめです！」

ふたりを俺とレティーナがそれぞれ引きはがす。それでもなお、互いに威嚇しあうふたり。もういっそ修練場にでも連れてってやろうかと考えた時だった。

「何を騒いでおるんじゃお主ら」

「やあ、レティーナ。戻っていたんだね」

多くの者が我関せずと遠巻きにしている中、そんな言葉と共に近づいてきたのは、エランツァともうひとり。一目で教会関係者、それも相当高位と分かる格好の男だった。

「コルギオス様までいらしていたんですか？」

僅かに目を見開くレティーナ。

「ああ、マリーメアが任務から戻るなり君がいないと騒いでね。随分と心配しているようだから連れてきたんだ」

「別にマリーはひとりでも行けるのに勝手についてきただけだろ、です」

「もう、マリー！」

「ははは、まあ事実だね」

マリーメアのあんまりな物言いにもコルギオスは笑みを崩さない。聖職者らしい物腰だ。どうにも薄っぺらい印象の笑顔という点に目を瞑《つぶ》れば、だが。

コルギオスが俺とリンファの方を向く。

「君たちがアデム君にリンファ君だね。レティーナが迷惑をかけていないかい？」

迷惑。その言葉にほんの少し、レティーナが表情を曇らせるのが見えた。

「迷惑なんかじゃないさ。むしろ仲間として頼もしい。なぁ、リンファ」

「そうだな」

「……ふむ、レティーナがかい？」

「あぁ」

「アデム様、リンファ様……！」

ちょっと他じゃ中々見ないフィジカルを発揮してるからな。頼もしいを通り越してちょっと怖いまである。

コルギオスは興味深げに俺とレティーナを見比べ、ややあってから笑みを深めた。

「なるほど。冒険者ギルドに行くと聞いた時はどうなることやらと思っていたけれど、思いのほかいい収穫があったということかな……レティーナ」

「は、はい」

「がんばりなよ？」

「……！　はい！」

レティーナの返事にコルギオスは満足げに頷き、再びこちらに向き直る。

「レティーナのこと、よろしく頼むよ。……さて、僕はそろそろお暇《いとま》しようかな。マリーメア、君はどうする？」

「マリーはレティ姉を取り返すまでは帰らねー、です！」

「レティーナはしばらく戻るつもりはなさそうだけれど」

「これから一緒に迷宮に行って、レティ姉がよわよわだったら帰るって言った！」

「迷宮？　マリーメアがかい？」

「なんじゃお主ら。また迷宮に行くのか？」

「いや、それなんだが……」

俺はエランツァたちに話の流れを説明した。

「なるほど認識票か。素直に明日まで待て……と言いたいところじゃが」

「エランツァ、何とかならないかな？」

「……仕方ないな。妾が適当に処理しておくから行ってこい」

「いいのか？」

「今回は身元が身元じゃからな。それぐらいは融通《ゆうずう》してやる」

言って、嘆息するエランツァ。

「だそうだよ。良かったね、マリーメア」

「おう、です！　じゃあさっさと行くぞ！　です！」

「あ、ちょっとマリー！　まだ行っちゃダメですよ！　パーティー登録とか探索申請もしなきゃ！」

「まだ何かあんのかよ、です！　冒険者ギルドめんどくせー、です！」

「せわしないやつ」

「あぁ⁉」

「なんだよ」

騒がしい仲間たちを横目に、俺は少し苦笑してから手続きのために受付に向かった。

◆

エランツァの口利きによって、無事迷宮の探索申請を終えた俺たちは早速、近場の迷宮へと足を運んでいた。

「いいですかマリー、迷宮には危険がいっぱいなんです。魔物はもちろんですが、罠なんかもあってですね……」

「ふーん……」

レティーナの講釈に傍《かたわ》らのマリーメアが関心の薄そうな相槌《あいづち》を返す。

今、俺たちが潜っているのは冒険者ギルドから比較的近い場所にある迷宮で、ギルドの定める危険度はE。言うほど危険はいっぱいではない。

「ですから、はぐれたりしないように気を付けてくださいね!」

「分かってる、です。……レティ姉こそはぐれんなよ、です」

「は、はぐれませんよ……!」

やや狼狽えたようなレティーナ……そういえば初めてレティーナと会った時は思いっきり迷子になってたな。そんなことを思い出しながらレティーナを見やると偶然目が合う。

「……はぐれませんからねっ!?」

「あぁ、うん……」

俺の視線から何かを感じ取ったのか、念を押された。

今回の目的は探索ではなく、あくまでレティーナの実力をマリーメアに見せることであって、長居するわけでもないし、迷宮自体の規模も小さい。それではぐれる方が難しい。

進むこと数分、目当ての魔物はすぐに見つかった。緑の体色に子どものような体躯《たいく》、手に棍棒《こんぼう》ような物を持った小鬼《ゴブリン》が二匹。

「……！」

迷宮で魔物を見るのは初めてなのか、マリーメアの僅かに息を呑む気配。

だが、すでに危険度Cの迷宮でも後れを取らない戦闘力のレティーナにとっては全く脅威たりえない相手だ。

「見ててください！」

「！　レティ姉!?」

レティーナがいっそ無造作ともいえるような足取りで小鬼との距離を詰める。小鬼たちもそれに気づき、耳障《みみざわ》りな威嚇音を放ちながらこちらに向かって駆け出した。

一定の間合いに達した時、レティーナが足を止める。適度に脱力した緩い構え。相手の動きを見切り、最適な力を開放するための静。

飛び掛かる小鬼たちに、レティーナは微動だにせずその瞬間を待つ。

そうして迂闊な小鬼たちがまんまとレティーナの殺傷区域《キルゾーン》に入り――

「ホーリーバースト!!」

真下から突如立ち上がった光の柱に焼かれて吹き飛んだ。

「うぇ⁉」

眼前を照らす白光に目を白黒させるレティーナ。

「レティ姉！　大丈夫か⁉　です！」

光の柱——強力な聖属性の攻撃魔法を放った犯人、マリーメアが慌てた様子でレティーナに駆け寄る。

「えっ……だ、大丈夫……です？」

事態をよく呑み込めていないレティーナが疑問形で返事をする。

「怪我は……してねー、ですね。よかった……レティ姉」

マリーメアが神妙な表情でレティーナに語り掛ける。

「は、はい」

「やっぱり嘘はいけねー、です」

「………はい？」

レティーナは首を傾《かし》げた。

「やっぱりちゃんと魔法使えないんだろ、です。見栄《みえ》張って危ないことしちゃダメ、です」

「⁉」

まるで聞き分けのない子どもでもあやすかのような声音だった。どうやら、レティーナの迎撃の構えを、魔法が使えないことで魔物の接近を許してしまったのだと勘違いしたようだ。

「ち、違いますよー‼　あのまま倒せたんですっ‼」

「……レティ姉が頑張ってるのは知ってるから、もう帰ろう、です」

「でーすーかーらー！」

その後も同じような押し問答を続けた末、レティーナがこちらを見た。

「アデム様、リンファ様〜！」

泣きそうな表情で助けを求めてきた……。

「なにやってるんだか……」

リンファも呆《あき》れ顔である。

ただ、当初のレティーナの有様を思えば、マリーメアの気持ちも理解はできるんだよな……。このまま放っておいても埒《らち》が明かなさそうなので、俺からも言ってみることにする。

「その、なんだ……レティーナのことを信じて見守ってやってくれないか？」

「はぁ？　なんでお前なんかの言うことを……」

マリーメアが顔を顰める。何故か最初からあまりいい印象を抱かれていなかったみたいだからな
……素直には聞いてくれないか。

「……その程度の信頼なんだな」

「あ？」

どうしたものかと考えていると、リンファがそんなことを言った。

「いや、レティーナのことを随分慕っている風なのに、全く信用していないようだからさ……その程

度の信頼関係なのか、と思ってね」

「っ……！　マリーはレティ姉のことを心配して……！」

「当のレティーナからすれば余計なお世話なんじゃないか？」

「なッ……！」

マリーメアがリンファを睨みつける。

「リンファ様、そこまでで……マリー、あなたが私のことを心配してくれているのは分かっています し、嬉しいです。でも、今は少しだけ、私のことを信じて欲しいです」

「う……」

レティーナの切実な訴えに、マリーメアがたじろぐ。

「……わ、分かった……です」

「マリー！」

若干、不穏な雰囲気にもなったが何とか話は収まったので、改めて魔物を探すことにする。

幸い、次の魔物はそう時間を置かずに見つかった。先ほどと同じで小鬼が二匹。同じ流れで、構えるレティーナに小鬼たちが襲い掛かり、

「ほ、ホーリーバースト！」

「ちょっと!?」

先ほどと同じように光の柱に呑まれて消えた。

「マリー!!」

「ご、ごめ……ついっ」

流石に怒った様子のレティーナに手をあたふたさせるマリーメアア。

「でもやっぱ危ねー、ですよぉ……」

「本当に大丈夫なんですってばぁ！　信じてくださいっ！」

「うぅ……」

口を尖《とが》らせながらマリーメアが頷く。反射的に魔法を撃ってしまった辺り、よっぽど心配なんだな……。

いくら心配でも、こう何度も同じことをされると話が一向に進まない。仕方がないので俺がマリーメアの杖《つえ》を預かることに（当然すこぶる嫌そうだったが）なった。

気を取り直して三度目になる小鬼との遭遇。四匹の群だった。

「ちょ、多くないか、です!?」

「もうこっちからいきますっ！」

その宣言通り、レティーナは地面を蹴りつけるようにして疾走する。今度は小鬼が気づく間もないほどに、瞬《またた》く間にその距離が零《ゼロ》になり、

「しッ!!」

鋭い呼気と共に回し蹴りを一閃。一瞬の静寂。

「……!?」

「………?」

突如目の前に現れたレティーナの存在に、小鬼が驚いたり、小首を傾げたりと、それぞれの反応を示した後、棍棒を構えて襲い掛かろうとする。

「あぁぁ！　やっぱダメじゃねーか！　です！　杖返しやがれ！　です！」

泡を食ったように、俺から杖をひったくろうとするマリーメア。

「いや、もう終わってる」

「は？」

俺の発言に怪訝《けげん》な表情でレティーナの方を見るマリーメア。

今にも襲い掛からんとしていた小鬼はしかし、そのままの体勢を維持したまま一向に動こうとしていなかった。

「……？　どういう……」

マリーメアが疑問を口にしようとした時だった。

ずるり。

レティーナの目の前、小鬼の群がズレた。

そうしてそのまま、ぼとり、とその上半身を地面に落とす。四匹すべてが小鬼は真っ二つとなっていた。

「えっ」

「ふふん、見ましたかマリー！」

誇らしげな表情のレティーナ。対するマリーメアはレティーナと小鬼たちの亡骸《なきがら》を交互に見比べて

——


「………えっ」

そんな声を零《こぼ》した。

「な、何……え、ま、魔法……？」

「いや……蹴り、だな」

「蹴り……蹴り⁇」

マリーメアが小鬼の亡骸を凝視する。色々中身が零れる断面は、どう見ても鋭い何かで斬ったような平坦さだった。

「いや……そうは、ならねーだろ……」

呻くような言葉。

なっとるやろがい。と言いたいところだが、俺も初見だったらそんな反応になる……というか蹴りで木をぶっ倒すの見た時に内心なってた。

「どうですマリー！　これで私が冒険者としてやっていけると分かったでしょう！」

そんなマリーメアの困惑はそっちのけに、どや顔で胸を張るレティーナ。

「……ど、どういうことだよ、です⁉　お前、レティ姉に何しやがった、です⁉」

「うおっ」

俺の胸倉——には身長が届かなかったため、裾を掴んで前後に激しく揺すってくるマリーメア。

「いや、レティーナでも戦えるようになる術を模索してたらこうなったというか……」

「ちょ、ちょっとどうしたんですか、マリー？」

「どうしたはこっちのセリフ、です！　一体どうしちゃったんだよ!?　です！」

「え、えぇ？　どうしたって……わ、私何かおかしかったですか……？」

「どう考えてもおかしいだろ！　です!!」

本気で分かってなさそうなレティーナの反応にマリーメアはとうとう地団太《じだんだ》を踏み始めてしまった。

「そうだ、インチキ！　インチキだろ！　です！　一体どんな手品使ってやがる!?　です！」

「インチキだなんてそんな……なるほど、分かりました」

「え？」

「これじゃまだ納得できないというわけですね」

「い、いやそういうことじゃ……」

「アデム様、リンファ様。もう少しお付き合いいただいてもいいですか？」

「構わんが……」

「僕も別に……」

「ありがとうございます！　さあマリー！　行きましょう！」

「ちょ、レティ姉！　待って!?　です！」

言うが早いか、足早に迷宮の奥へと進むレティーナと泡を食って追いかけるマリーメア。

俺はリンファと顔を見合わせ、肩を竦《すく》めた後、そのあとを追従する。

レティーナは絶好調だった。魔物を見つけると一目散に突撃。魔物に構える時間すら許さず嵐のように殲滅していく。午前中、罠にかかって危険な目に遭ったことなど忘れているかのようだ。

「む、あっちにもいますね！」

「ぜぇ……はぁ……！　待って、レティ姉……！　もう……わかった……から……！」

俺とリンファは最低限見失わない距離をキープして見守っているのだが、マリーメアは律儀にもレティーナの近くをついて回っていた。

それはつまりレティーナの異次元機動力に合わせなければいけないということで。十回程度の接敵を終えた頃にはマリーメアは息も絶え絶えになっていた。

「そんなピッタリついていく必要ないだろ」

「うるせぇ、です……！」

呆れ気味のリンファの言葉には刺々《とげとげ》しく返して、なおもレティーナを追いかける。

「ま、ってぇ……！　……むぎゅッ！」

そうして振り回され続け、ふらつく足取りのマリーメアはとうとう倒れ込んでしまった。

「おいおい……大丈夫か」

手を差し出してみるが、マリーメアはそれを一瞥だけ寄越して自分で立ち上がった。

その拍子だった。マリーメアの被っていたヴェールがはらりと落ちる。

「おっと……落ちたぞ」

俺は咄嗟《とっさ》にキャッチする。それを渡そうと視線を上げて、俺はとあるものが目にとまった。

それはマリーメアの露《あら》わになった頭頂部にふたつ、聳《そび》え立つようにあった。細かにぴこぴこと動く三角形のそれは。

「……猫耳？」

「え？　あ……かか、返せっ！　ですっ！」

俺の呟きに、マリーメアは頭を触ると慌てたようにヴェールをふんだくった。

そのままヴェールを被ったマリーメアがこちらを上目遣いに睨む。

「見たな……です……！」

「え、いや……まあ」

見たけど……見たから何なのか。

警戒心を露わにするマリーメアはどこか怯えのような感情も混じっているように感じられる。しばし、なんと返したものか迷っていると、マリーメアから口を開いた。

「気持ち悪がらねー、です……？」

「気持ち悪がる？」

「……マリーは混じりもん、だから……」

混じり物、即ち混血。マリーメアの人の見た目に動物の耳というのは獣人と人との混血であることを示していた。純粋な獣人はもっと全身が毛深く、顔の骨格も獣に近い。

「珍しいとは思うが、別に気持ち悪くは」

「うそだっ。スラムの冒険者どもは皆マリーのこと気持ち悪いって……！」

「うーん……？」

混血は確かに差別の対象となることがある。詳しいことは分からないが、どうもマリーメアは冒険者によくない扱いを受けた過去があるらしいことは察せた。最初の当たりの強さやレティーナが冒険者として活動することを厭《いと》うのはそういう理由からか。

「本当に俺は何も思わんぞ。リンファはどうだ？」

「僕も別に。一時留《とど》まっていた地域ではそんなに珍しくもなかったし」

「……でも」

そう言い切っても、まだ半信半疑らしいマリーメア。

「何なら可愛《かわい》くていいと思うけどな」

「はぇ？　か、かわ……!?」

一瞬、何を言われたのか分からないような顔をしたマリーメアは見る間に顔を茹《ゆだ》らせる。

「う……うるせー！　バカやろー！　です!!」

「えぇっ？」

謎の罵倒と共にレティーナの方へ走り去っていってしまった。

「なんだぁ？」

「君、誰にでもそういうこと言ってるのかい……？」

困惑していると、じとっとした目つきのリンファにそんなことを言われる。

「何の話だ」

「………別に。ふん」

心当たりのない俺が純粋な疑問を返すと、リンファもやや不機嫌そうになってそそくさと歩き出した。去り際にユノが何か主張するように、俺の前でちかちかと点滅していた。

「ほんとになんだよ……」

残された俺はそう零すしかなかった。

◆

その後、マリーメアはあっさりとレティーナの力量を認めた。

「言いたいことはいっぱいあるけど、レティ姉がつよつよなのは分かった、です」

「じゃあ！」

「むう……レティ姉のやりたいようにすればいい、です」

といった具合に話は収まったのだった。

後は帰るだけである。

帰り道、レティーナはマリーメアにここ数週間のことを話して聞かせていた。

「――というわけで、私は晴れて聖女としての活躍の一歩を踏み出したのです」

「レティ姉、それやっぱ何か騙されてねーか……？　です……」

「そんなことないですよ！　アデム様は凄いんですよ？」

本人が傍にいるのにも構わず、俺やリンファのここが凄いというような話をし始めるレティーナ。

よくもまあそんなに人のいいところが挙げられるな、と感心しつつもむず痒《がゆ》くなってくる。

「むう、そんなのマリーが一緒にいた方がもっと助けられた、です」

「あれ、もしかして妬《や》いてます？　もー、マリーは可愛いですねー」

マリーメアの頬をもちもちと捏《こ》ねるレティーナ。こうして見ていると姉妹のように見えなくもないな。

「むあー！　やめろ！　です！　レティ姉嫌い！」

しばらくはされるがままになっていたが、流石に鬱陶《うっとう》しくなってきたのか、マリーメアがレティーナを振り払って、先に行ってしまう。

「あ、マリー！　怒らないでくださいよぉ」

「あ、おいそっちじゃないぞ……聞いちゃいないな」

マリーメア、そして追いかけたレティーナが行った先は迷宮核石《ダンジョン・コア》への道からは外れていた。

呼び戻すために後をついていこうとして、俺はふと足を止めた。

「アデム？　どうかしたのか？」

「……いや、なんでもない」

ふと感じた違和感。

この迷宮、こんなところに横道あったか……？

◆

通路の先、開けた小部屋にふたりの姿はあった。奥まった箇所で何かを覗き込むようにしていた。

「ん、それは……？」

「アデム様、これって！」

レティーナの指さす先、マリーメアの目の前にあったのは何かの液体で満たされた小瓶だった。妖《あや》しくも美しい装飾を施されたそれは、数多《あまた》の冒険者が求めてやまない迷宮の秘宝に他ならない。

——遺物《アーティファクト》。

強大な機能を有するものならば一生遊んで暮らせるほどの価値をもつものもあり、たとえ実用性の欠片《かけら》もない冗談のようなものであっても蒐集家《しゅうしゅうか》相手にそれなりの値が付く。

本来なら踏破済みの、それもこんな低危険度の迷宮ではまずお目にはかかれない代物だ。

そんなものが何故ここに。

そんな疑問からくる一瞬の思考停止。それが俺の判断を一瞬遅らせた。マリーメアが小瓶へと無造作に手を伸ばす様を見て、ハッと我に返る。

「待て、それに触れるな‼」

「えっ？」

俺の声にびくりと肩を揺らすマリーメアだったが、静止には一瞬間に合わずに小瓶を持ち上げてしまう。

遺物は冒険者であれば誰しもが見つけた瞬間小躍りしたくなる存在だが、だからといって迂闊に手にとるべきではないことも常識である。何故なら迷宮に現れる遺物には高確率で罠がセットになっているからだ。それもとびきり悪質な。

「レティーナ！　マリーメアを守れ！」

「へ!?　は、はいっ！」

「わぷっ!?」

咄嗟のことながら、俺の呼びかけに対応してマリーメアを抱き寄せるレティーナ。

「わっ!?」

俺は傍らのリンファを引き寄せ、何かあっても庇《かば》えるように構える。

…………何も起きない？

「な、なんだよ、急に脅かすなよ、で……す？」

いや、下かッ。

俺たちの足元を覆い尽くすように展開された魔法陣……これは――！

直後溢《あふ》れ出した眩《まばゆ》い光にたまらず目を閉じるのも束の間、体を一瞬、浮遊感のようなものが襲う。

光が収まった瞬間、俺は無理やりに目を開き、状況を悟った。

「なっ……！」

「ひ……!?」

「え……え？」

遅れて目の前の光景を目の当たりにしたリンファらが声を漏らす。

そこは先ほどまでいた場所とは明らかに違う、大きく開けた空間。

そして視界を埋め尽くさんばかりの魔物、
魔物、魔物、
魔物魔物魔物魔物、
魔物魔物魔物魔物魔物魔物魔物魔物魔物――。

迷宮探索において、およそ最悪に近い事態。

罠による魔物の巣《モンスターハウス》への転移……！

一手でも行動を誤れば、あるいは誤らなくとも命を落とすかもしれないこの状況で俺たちが打つべき手は何か。

ひとつはこの大部屋に犇《ひし》めくおびただしい数の魔物を残らず殲滅すること。

もうひとつはこの場からの迅速な撤退。

前者は魔物の強さが測れていない今、リスキーすぎる。数が多すぎるため、単体の脅威度が低くてもこんな開けた場所では圧殺されかねない。

よって取るべきは後者の撤退。俺は瞬時に周囲の構造を確認し、少しでも生存率の高い撤退ルートを判断する。

部屋から繋がる通路と思しき空洞が二か所、その中で最も自分たちから近く魔物の密度も薄いルート。

見つけた。

不幸中の幸いというべきか、通路まではさほど距離はなく、急に転移してきた俺たちに気づいている魔物の数もまだ少ない。全速力で駆け抜ければなんとかなるか……！

「こっちだ！　走れッ！」

「！　わ、わかった！」

「マリー！　行きましょう！」

「あ、え……っ⁉」

先陣を切る俺の前に、魔物の一匹が立ち塞がる。俺の上背を優に超える体躯に、筋肉質な肉体、山羊《やぎ》の様な頭部を持つそいつは、見た目にそぐわぬ俊敏さをもって、襲い掛かってきた。

例によって、恐らく俺ではまともには受けられない。迫る巨腕に対して剣を添え、その力を利用して身を捩じる。

「ぐ……っ！」

上手く逸らしたつもりだったが、想像以上の膂力に体が軋《きし》みを上げる。

「アデム様‼」

なんとか逸らし切ったことで、あらぬ方向につんのめった山羊頭に、レティーナが渾身の右正拳突きを叩き込む。

ただでさえ体勢を崩しているところ、その顔面目掛けて突きこまれた打撃によって山羊頭の巨躯が砲弾のように吹っ飛んだ。

「レティーナ、助かった！」

「……っ!?」

レティーナは吹っ飛ばした魔物の方を見て息を呑んでいた。

助走による勢いまでついたレティーナの拳打を受けたにもかかわらず、立ち込める土煙を払うようにのそりと立ち上がる山羊頭。

今ので仕留め切れていないのか……！

やはりまともに戦わないという判断は正しかったらしい。

倒せなくとも今は距離さえ取れればいい。

その後も間髪入れず、別の魔物が襲い掛かってくる。何かの骨に皮膜でできた翼を生やしたような気味の悪い見た目だ。さながら骨蝙蝠《ほねこうもり》とでも呼ぶべきか。

山羊頭と違って耐久面はそこまでではないため、一撃で地面に叩き落とせるが、動きが速く如何《いかん》せん数も多く厄介だ。

「リンファとマリーメアは飛んでいるやつを頼めるか!?」

「もうやっている！　【連鎖詠唱《チェインスペル》：尽く凍て貫け《ラピッドアイス》】！」

リンファの手数に長《た》けた連鎖術式によって、骨蝙蝠は易々《やすやす》とは近寄れない。これなら俺やレティーナは最小限を対処するだけで済む。

「ひゃあぁ……っ!?」

「っ！　マリーッ!?」

次々襲い来る魔物どもをどうにかレティーナとふたりで退けながら前進し、通路までもう少しというところで、マリーメアの悲鳴が聞こえた。

振り向くと、マリーメアが何かに躓《つまず》いて転んでいた。すぐそこには山羊頭が迫っている。

「くっ……!?」

今から助けに行くには俺とレティーナはやや先行しすぎている。更に言えば間に合ったとしても、後方の魔物に構っていては前を塞がれる危険性がある。

「【二重詠唱《デュアルスペル》：氷塊よ打ち砕け《アイスストライク》】！」

そんな中、マリーメアまであと一歩というところまで来ていた山羊頭を巨大な氷塊が直撃する。リンファの精霊術だ。

その隙に、リンファが倒れているマリーメアを助け起こす。

「早く立てっ！」

「う、うん……っ！　後ろ！　です！」

「く!?　あぐっ……！」

リンファの弾幕がなくなったことでそれまで抑えられていた骨蝙蝠がここぞとばかりに距離を詰め、そのうちの一匹がリンファの肩口に食らいついた。

「リンファ!!」

「ほ、【ホーリーブラスト】！」

マリーメアの放った光弾を避けて、リンファの肩から離れる骨蝙蝠。

「っ、このぉ!!　【凍て貫け】!!」

解放されたリンファの術を間近で食らった骨蝙蝠はその身を砕かれて落下する。

後衛のふたりが何とか魔物どもに対処し切ったことに胸を撫《な》で下ろし、俺とレティーナは再び前の魔物に集中する。

残る数体の山羊頭を辛くも退け、とうとう通路へ出る横穴に辿り着いた。

「急げ！　こっちだ！」

三人が横穴に飛び込んだのを見届けて、俺も通路へと身を投げた。

そのまま走り続けることしばらく。山羊頭はその巨躯が祟《たた》って通路までは追って来られなかったため、迎撃の必要があったのは骨蝙蝠だけだったが、やがてそれも見なくなった。念のためそれより少し距離を取ったところで魔物の気配がないことを確認し、俺たちは足を止めた。

「はぁっ……！　はぁ……！」

「けほっ、けほっ……ぅぐっ……！」

「リンファ様……！」

「リンファ、大丈夫か……!?」

せき込みながら、肩を押さえて蹲《うずくま》るリンファ。

さっき骨蝙蝠に食らいつかれた部分、リンファの肩口は肉が抉《えぐ》れて出血しておりそれなりの深手だ。

「ひどい怪我……！　マリー、お願いできますかっ？」

マリーメアが頷きを返し、リンファの患部に手をかざす。

「【セイントヒール】」

暖かな光が傷口を包みこみ、その血を止めたかと思うと、ゆっくりと傷も塞がっていく。

「……助かった」

「礼なんて……マリーは……」

思いつめたような表情で口ごもるように零すマリーメア。

「それにしても一体なにが起こって……？」

危機から脱して、やや気持ちも落ち着いてきたところでレティーナが疑問を口にする。

「……転移罠だ。恐らく遺物に触れたことで起動したんだろう」

俺の発言でマリーメアと、その手に持ったままの小瓶に視線が集まる。マリーメアも薄々察していたのだろうが、改めてはっきり自分が要因だと認識したことでショックを露わにした。

「マリーが、これを拾ったせい、で……」

「ま、待ってください！　それなら傍にいて止めなかった私のせいでもあります！　罠のことだって教わったばかりなのに……！」

「……いや、そもそも俺がもっと早く注意できていれば防げた事態だ」

もしくは迷宮へ入る前に、迂闊に物に触れたりしないように伝えるべきだった。既に踏破済みかつ、危険度も高くない迷宮と思い、警戒を怠ったのは間違いなくパーティーリーダーである俺の責だ。

そうは言ってもマリーメアの表情が晴れることはない。どうあれ実際に小瓶を手に取ったのはマリーメアな以上、自責の念に駆られるのも無理はない、か……。

だが今ここで責任の所在についてこれ以上話す意味はない。

「今はとにかく、この場をどう切り抜けるかを話そう」

「そもそもここはどこなのでしょう……？」

「断言はできないが、恐らくは元いた迷宮内で新たに発生した階層だろうな」

「新しい階層……そうか、今は魔王がいるから」

魔王発生に伴う迷宮の変動、リンファがそこに思い至った。

「あぁ。ここまで元の危険度と乖離《かいり》した変動は俺も他には知らないけどな……」

元々の危険度Eに対して、魔物の巣で戦った山羊頭は明らかにその危険度を大きく逸脱した強さだった。

危険度Cの魔物も易々と屠《ほふ》るレティーナの一撃にも耐えていた辺りBか下手をすればA相当はあるかもしれない。

そんな領域に飛ばされてしまったと。非常にまずいと言わざるを得ない。

「この先が出口に繋がっていればそれでいいが……最悪、迷宮守護者《ガーディアン》を倒して帰還陣を敷かなきゃならん」

「また迷宮守護者を……」

魔物の巣には確認できた限りでももうひとつ通路があった。進んだ先が出口じゃなければ、そっちを探索する手もあるが、そのためにはあの魔物の大群が蠢《うごめ》く広間をほとんど横断しなければならないのだ。

今回の短い距離でもギリギリの突破だったことを考えれば現実的な手段ではない。

迷宮守護者にしても、その危険度に比例して強力になることを考えれば、俺たちで倒せるかは分からない。少なくとも死闘は免れないだろう。

それを察してかパーティーの間には悲壮感が漂う。特にマリーメアは深刻だ。自責の念に苛《さいな》まれ、今にも泣きだしそうになっている。そんなマリーメアを前に俺は――

「まあここのところ危険度Cじゃ歯応《はごた》えなかったから、ちょうどいいだろ」

「うぇ？」

何でもないような俺の言葉に変な声を漏らすマリーメア。

「……そうだな、前みたいに守護者も倒せばいい。最近、実は歯応えがないと思っていたんだ。成長を確かめるにはちょうどいい」

一瞬だけ驚いたように目を見開いていたリンファがそう言って不敵な笑みを浮かべる。傍らのユノも闘志を示しているのかやたらギラギラ光り出す。

「え、えっと……私も頑張りますっ！」

そんな俺たちに、やや戸惑いつつもレティーナはやる気を見せる。

「え、そ、そんな簡単に倒せるのか、です……？」

マリーメアが、縋《すが》るような、あるいは期待するような表情で俺に問う。

正直に言えば、容易と思えない。それでも。

「あぁ、楽勝だよ」

そう言い切ってみせた。

◆

とまあ意気込んではみたものの、いつものように魔物を見つけるたび戦うようなことはできない。迷宮がどれほどの広さか分からない以上、なるべく消耗は避けるべきだからだ。

よって、俺たちには極力接敵を避ける立ち回りが求められる。

そのために俺がまずひとりで先行して索敵を行い、安全を確かめたうえで合図を出し後ろの三人が追随するという形式をとっていた。

徘徊《はいかい》する魔物を発見した場合は、その進路を見定めた上でリンファたちに合図を送ってから潜伏、やり過ごす。

その繰り返しによって探索を始めてしばらく、骨蝙蝠のような小さな魔物との戦闘だけで済んでいた。

だが、どうしても戦闘を避けられない瞬間というのはやってくる。長い一本道の先、曲がり角の先にそいつはいた。

「……山羊頭」

背後を確認するが隠れられそうな場所はなく、引き返すには距離が長すぎる。俺は皆に合図を送り、接敵に備える。

巨体ゆえのよく響く足音が、その距離を如実に伝えてくれる。三、二、一……今！

俺が出した指のカウントを見届けた瞬間、レティーナが魔弾じみた速度でかっ飛んだ。

「!?」

曲がり角を出た瞬間の完全な不意打ちにもかかわらず、山羊頭は辛《かろ》うじてそれに反応して見せた。

レティーナの飛び蹴りを咄嗟に腕で防御してみせたのだ。

その勢いまでは殺せず背後の壁に叩きつけられるが、すぐに立ち上がろうとする気配。

並みの魔物なら三度は死んでそうな蹴りだったのだが、やはり手強《てごわ》い！

だが、こちらもみすみす相手に体勢を整えさせる気はない。

「【連鎖詠唱：尽く凍て貫け】!!」

「【ホーリーブラスト】！」

後衛組の魔法が容赦なく叩き込まれる。執拗なほどの時間撃ち込まれ、土煙が立ち込める。

撃ち止め、煙が晴れる。

「……これでも……!?」

リンファの驚愕の声。ここまで苛烈な先制攻撃を受けてなお、まだ山羊頭は斃《たお》れていなかった。

「ならもう一度……あっ!?」

追撃を行おうとしたレティーナが山羊頭の振るった剛腕に弾《はじ》き飛ばされる。

「レティ姉!?」

「ぐぅ……だ、大丈夫です！」

辛くも受け身を取ったレティーナが、マリーメアの悲鳴に返事を返す。

山羊頭がレティーナに対し更なる追撃を行おうとした時、何かに気づいたように振り返り、

「――もう遅い」

剣を振り被る俺の姿をその目に映した。

◆

「ふう……」

その眼窩《がんか》深くに剣を突き込まれ絶命した山羊頭を見下ろし、俺は軽く息を吐く。

やはり、強い。

レティーナの強襲に加え、リンファとマリーメアの弾幕でも決定打にはならなかった。マリーメアの魔法も冒険者の標準値は優に超える威力だったのにだ。

今回は確実に殺《と》れるタイミングを見計らうことでとどめを刺せたが、毎回上手くいくかは微妙なところだ。

一匹でこれなのだから、もし複数体との接敵が避けられないときは……。

間違いなく窮地といっていい現状を再確認したうえで、不謹慎ながら俺は久しく味わっていなかった高揚感を覚えていた。

未知なる強敵との戦い。それこそが俺の求める探索に他ならない。

「レティ姉！　怪我が!?」

「大丈夫です、これくらい……ほら！」

「!?」

レティーナの自己治癒に驚くマリーメアを尻目に、突き刺さった剣を引っこ抜くと、にわかに山羊頭の体が光の粒子となって溶け始めた。

「還元化が早いな……」

迷宮内で絶命した魔物は時間経過と共に魔素に分解される。この現象を還元化と呼び、周囲の魔素濃度が高ければ高いほど、分解速度は上がる。

これだけ早いとなると迷宮内は相当の魔素濃度らしい。魔物も強力になるわけだ。

最後に残るであろう魔晶石も気になるところだが、拾っている余裕はないか……。

「他の魔物が寄ってこないうちに先を急ごう」

「そう、だな……ぅ……」

「リンファ？」

苦し気なリンファの声に、俺は踏み出しかけた足を止める。振り向くとリンファの顔色が悪い。

「おい、大丈夫か？」

「ぐ……大、丈夫だ、これくらい……」

そう言うリンファの顔には冷汗まで浮かんでおり、どう見ても尋常な様子ではない。

「大丈夫じゃないだろ、ちょっと見せてみろ」

「え、あ、ちょ……っ!?」

俺はリンファに近寄り、その額に手を当てる。

「……？　何やってんだ、です？」

「多分、魔力を見てるのかと」

「はあ？　魔力を……見る？」

熱っぽい……が、風邪ではない。接触部を介して、魔力の流れを探る。

「……やっぱり魔素酔いか」

「魔素……酔い……？」

「あぁ。魔素を魔力に変換する時、魔塵《まじん》という残り滓《かす》が生じるんだが……それが短時間に大量に出ると体調を崩すんだ」

そうそう起こることではないんだが、大量の魔力を消費したことに加えて高濃度の魔素に晒されたことで発症してしまったらしい。

「お前、結構前から調子悪かったろ」

「……そんな、ことは」

「今度から具合が悪くなったりしたら無理せず早く言え」

「……分、かった」

「とりあえず治療するからじっとしてろ」

「できる、のか……？　頼、む……」

俺は頷きを返し、リンファの中を流れる魔力を制御することで魔塵を排出させていく。

「ん……ふあ……」

リンファが妙に艶《なま》めかしく、熱のこもった吐息を漏らす。

時間にして一分ほど経って、大分リンファの顔色も良くなってきた。何ならちょっと赤いくらいだ。

「どうだ？　……おーい、リンファ？」

「……んう……え？　あ、あぁ、良くなった！　……ありがとう」

とろんとした瞳で、少しの間ぼうっとしていたリンファがハッとしたように背筋《せすじ》を伸ばす。その後
「……す、すごかった……」などとぶつぶつ呟いていたが、触れないことにする。

「なら良かった……しかし、そうか魔素酔いか」

俺はマリーメアに視線を移す。

「な、なんだよ……です」

「……お前もそれなりに魔力を使っただろう。初期症状があるはずだ」

リンファほどではないにせよマリーメアも魔法を行使していた。よくよく見れば血色もやや悪い。

早めに対処しておいた方がいいだろう。

「ひ、必要ない！　です！　近寄んなッ！　です!!」

「いや、でもな……」

「いら！　ない！　マリーはあんな醜態晒したくねー！　です！」

「んな!?　醜態!?」

リンファが心外だ、というような顔で叫ぶ。

後ずさりしながら、ふしゃーっと威嚇してくるマリーメア。

戦闘中になって本格的に魔素酔いを発症したら命に関わるし、良かれと思って言ったんだが、こうまで嫌がられるとちょっと傷つくな……。

どうしようかと思っていると、マリーメアの背後に近寄る影。

それはマリーメアの肩をがっしりとホールドし……。

「!? れ、レティ姉!?」

「もう、マリー。我儘《わがまま》言っちゃいけませんよ！ アデム様が困ってるじゃないですか」

「わ、わがままじゃ……ちょ、力強っ……!?」

「さ、アデム様、今のうちに」

満面の笑みでそう促すレティーナ。

「あー……悪いなマリーメア。ちょっと辛抱してくれ」

絵面的に、一瞬躊躇《ちゅうちょ》してしまう自分がいたが、必要なことだと割り切る。

「ま、マリーのそばに近寄るなああーッ！ です！ ……ふにゃあぁっ……!?」

案の定、魔素酔いの兆候ありだった。当初はじたばたと抵抗しようとして尽くレティーナに押さえ込まれていたが、施術を進めてすぐに脱力して大人しくなる。心なしか頭に被ったヴェールもいつもよりぐったりと垂れている気がした。

どうにもこの治療は妙な気分になるらしく、これまで施した相手も例外なくこんな反応を示していた。あいつは気持ちいいなんて言っていたっけな……。

なお、俺はというと、多量の魔塵が生成されるほどの魔力総量がないので、魔力酔いとは生まれてこの方無縁である。数少ない俺の体質のメリットだな！

…………。

はあ……。

施術後、マリーメアはぐったりしてしまっていた。

「うにゃぁ……マリーは汚されちまった、です……！」

「人聞きが悪い！」

歴《れっき》とした治療行為なのにひどい言われようだった。

「あ、あの……アデム様」

「ん？　どうかしたのか、レティーナ？」

とにかく、これで先に進めると思った矢先、レティーナに話しかけられた。何やらもじもじしている。

「そ、その……私も魔素酔い？　ではないかな、と……」

「本当か？　ちょっと失礼」

「あっ……」

リンファらにしたように、レティーナの額に手を置き、魔力を探ってみる。

…………いや、至って健康体だな。魔塵もほぼ感じ取れない。内部完結した術式ゆえか、あるいは聖女の特性か……？

「ど、どうでしょうっ？」

「え？　あー……いや」

なにやらわくわくしたような気配のレティーナに首を傾げつつ。

「問題ないな。今のところ、魔力酔いの心配はない」

「……え」

固まるレティーナ。なんだその反応は。

「……そ、そんな……！　で、でも一応治療を……！」

「いや、そもそも魔塵がほとんどないから治療も何も……」

「私だけ仲間外れは嫌ですぅ！」

「仲間外れって……」

別にならなくていいだろ、魔素酔いの仲間なんて……。むしろ喜ぶべきだと思うのだが、レティーナが何に嘆いているのかが理解できない。

謎にぐずるレティーナを宥めつつ、俺たちはその場を後にした。

◆

「せッ……あぁッ!!」

もう十数度目かになる接敵。俺が作った隙を突いて放たれた、レティーナの踵《かかと》落としが山羊頭の頭部に炸裂。頭をかち割られた山羊頭が地面に沈む。

まず一匹。

「【連鎖詠唱：尽く凍て貫け】！」

すっかり得意技となったリンファの連鎖術式がもう一匹の山羊頭に殺到する。それらは時間稼ぎ——に留まらず、防御の上からじわじわと山羊頭の体表を削り取っていく。

「【ホーリーバースト】！」

『————ッ!!』

追い打ちとばかりに山羊頭の足元から光の柱が立ち上がり、その身を激しく焼き尽くす。

「【二重詠唱：氷塊よ打ち砕け】！」

ダメ押しとばかりに放たれた氷塊が決め手となり、もう一匹の山羊頭も地に伏せた。

「ふう……こっちは片づいた！　そっちは？」

「こちらも終わりました！」

「よし……アデム、治療を頼めるか？」

「あ、あぁ……」

あの後から徐々に避けられない戦闘が増えてきたが、俺たちは誰一人欠けることなく探索を続けられていた。不幸中の幸いというべきか、高い魔素濃度のおかげで魔力切れの心配も今のところない。

都度《つど》、魔素酔いの治療が必要にはなってしまうのだが……。

俺は促されるままに魔素酔いの治療にあたる。

「んん……はぁ……！」

相変わらず妙に艶《つや》っぽい声を漏らすリンファにやや気まずい気持ちを抱きながら、俺は努めて冷静に施術を完遂する。隣を浮遊するユノまで何だか赤っぽく光ってゆらゆらしていた。

「……終わったぞ」

「……ふぅ……あぁ、ありがとう」

リンファの治療が終わるや否や、次はマリーメアが頭を突き出してくる。

「ん！」

「はいはい……」

最初はあれだけ嫌がってみせたマリーメアだが、段々慣れてきたのか、こうして自発的に治療を受けるようになった。

「うにゃぁ～……」

こっちもこっちで理性が溶けたような何とも言えない声を出して脱力しているが、リンファと違って動物でも撫でてるような気分だ。

「アデム様！　今度こそ！　私も！」

「えぇ……？　まあいいが……うん、正常だぞ」

「どうしてですか!?　あ、あんなに魔力を使ってるのにー！」

ちなみにレティーナも懲りずに毎回確認を要求してくるのだが、何度やっても結果は同じであり、毎度何故か悔しがってみせている。何なのか。

それはそうとして。

なんか……強くなってないか？

ここ数戦、山羊頭を含めた複数体の魔物との戦闘が続いているのだが、それら尽くをこうして打ち破ることに成功している。

慣れもあるかもしれないが、それ以上に明らかに面々の火力が向上している。リンファとマリーメアの術は致命打を与えられるようになっているし、レティーナもゴリ押しで山羊頭の防御を突破できるようになってしまった。

高濃度の魔素に晒されながら魔法を使い続けてる影響か……？

特に精霊のユノは恩恵が顕著なのか、普段の五割増しぐらいで煌《きら》めいてる気がする。

対して俺は普段との変化は感じられず、通常運転そのものだ。解《げ》せぬ……。

仲間が頼もしいのは喜ばしいことではあるのだが……。

俺が上手く消化できないモヤモヤを抱えていると、何かを手に持ったリンファが近寄ってくる。

「アデム、これ……！」

それは腕輪だった。手の凝った装飾が施され、細かな文字のようなものが至る所に彫られている。

「遺物……!?　どうしたんだ、これ」

「今倒した魔物が持ってたみたいだ」

顎《あご》をしゃくって背後の亡骸を示しながら、リンファが腕輪を手渡してくる。

俺は腕輪をまじまじと見つめる。遺物にはほぼ確実に特殊な機能が備わっているが、それがどのようなものか知るには鑑定の技能が必要であり、拾ったその場ですぐ活用できるというようなものでもない。

だが、ものによってはその機能を推測することができる場合もある。

俺は腕輪を剣の柄《つか》と強めにぶつけてみる。

「何を――うわっ？」

瞬間、腕輪は強い光を放つ。どうやら思った通りの代物だったらしい。

「な、なんですか今の光？」

突然の発光に、レティーナが不思議そうな顔で尋ねてくる。

「この遺物の機能だな」

「遺物の……？」

「あぁ。衝撃を与えると発光するらしい」

「……他には？」

「他？　いや、多分それだけだが」

「な、なんだそれ……なんで分かるんだ？」

「文字みたいなのが彫られているだろう？　ある程度の法則性があるんだ。まずここの文字が……」

簡単に説明してやる。リンファが分かったような分かってないような曖昧な頷きを返す。

「なるほど……？　詳しいな」

「まあ、それなりにな」

何しろ遺物は俺の体質を改善できるかもしれない希望のひとつ。そうでなくとも冒険者とは切り離せない存在なのだから、詳しく調べないはずもない。

「でもそうか、光るだけか……」

落胆を感じさせる声で呟くリンファ。まあ気持ちは分からんでもない。

遺物もピンキリ。全部が全部、強大な機能を秘めているわけじゃない。何ならこういう冗談みたいなものの方が多い。

だが俺は、そういう冗談みたいな遺物が嫌いではなかった。なんなら好きまである。だから目的を別にして、遺物漁《あさ》りそのものが趣味になりつつある。

「それでも遺物には変わりないし、そこそこの値は付くぞ」

「そうなのか？」

「あぁ。どんな効果でも遺物ってだけで貴重だからな。市場とか見に行くともっと意味分からんものもある」

「ふぅん……それはちょっと面白そうだな」

「お、なら今度一緒に見に行くか？　手放すつもりなら良い店も紹介するぞ」

「うえっ⁉　そ、それは……！」

何の気なしの一言だったのだが、リンファは妙な声を上げて挙動が不審になる。

「あぁいや、別に無理にとは……」

「いやっ無理じゃない‼」

「お、おう」

食い気味だった。

「アデムとお出かけ……ふたりで……!?」

そのまま背を向けたかと思うと、ユノに向かって何事かをぶつぶつと口にするリンファ。

「アデム様、私も遺物についてもっと知りたいです」

「おう、ならレティーナも一緒に来るか？」

「はい、ぜひご一緒させてください！」

「んなっ!?」

レティーナとのやり取りを聞いたリンファが何故かわなわなと震えだす。

「リンファ？　どうした……？」

「……どうも！　しない！　さっさと先に進むぞ！」

「おい、リンファ!?」

急に不機嫌そうになったかと思うと足早に歩き始めてしまった。

なんなんだ……。

俺は困惑しつつ、リンファを追いかけようとする。

——女心が分かってない……。

「え？」

俺は足を止め、周囲を見回す。

「どうかされましたか？」

「いや……今何か言ったか？」

「？　いえ、何も言っていませんよ？」

次いでマリーメアを見るが訝《いぶか》し気な表情でこちらを見るのみだ。

俺が首を傾げていると、その隣を煌めく光――ユノが横切って行った。普段はリンファにピッタリくっついているのだが、珍しく置いて行かれていたらしい。

……。

「……いや、まさかな」

後衛であるリンファに最前を歩かせるわけにはいかない。俺は小さく首を振って、リンファの背中を追いかけた。

◆

遭遇する魔物を手早く倒せるようになった俺たちは、探索のスピードを上げていき、大分精神的にもゆとりを持つことができていた。

転移当初は憔悴《しょうすい》していたマリーメアも、出会ったときの元気を取り戻しつつある。後はこのまま出口に辿り着き無事迷宮を出ることができれば大団円、というところなのだが。

現実はそう甘くはないらしい。

目の前に聳える巨大な門。その先には円形の大広間が広がり、更に奥には輝く結晶体が見えた。

――そしてそれらすべてを差し置いて、視線を奪う存在感がひとつ。

迷宮守護者。

そいつは黒い甲冑《かっちゅう》騎士の姿をしていた。

「あれが……迷宮守護者」

「あぁ。あれを倒さないと僕らは帰れない」

迷宮守護者を初めて見たであろうレティーナとマリーメアはもちろん、リンファからも緊張が伝わる。

「準備はいいか」

心の準備を兼ねたしばしの休息を取った後、最後の確認に皆が頷きを返す。

守護者の間に立ち入ると、背後の門が閉まる。

迷宮守護者は一定の距離に入るか、こちらから攻撃行動をとらない限りは動き出さない。眼前の黒騎士も例外ではない。

彼我《ひが》の距離が縮むにつれて、黒騎士が思った以上に小さいことに気づく。

俺より頭ひとつ高い程度だろうか。ここまで相手にしてきた山羊頭や、以前戦った紫晶の魔蠍《アメジスト・スコーピオ》に比べればいささか矮小《わいしょう》にさえ思える体躯。

それとは対照的な長大な大剣。

肌をざわつかせるほどの存在感、威圧感――！

間違いなく、こいつは強い。

後衛のリンファとマリーメアを背に、俺とレティーナが守護者の元へ歩みを進める。

あと数歩進めば、一息で距離を詰められるというところで、先に動いたのは守護者だった。

——速いッ。

「!?」

一瞬にして距離を塗りつぶし、間合いを侵食される感覚。

「ぐうッ!?」

首元への一閃を辛くも防ぐも、間髪入れぬ切り返しから追撃が迫る。

「せあぁっ！」

その刃、剣の腹をレティーナが蹴り上げた。がら空きとなった胴に向けて剣を薙《な》ぐが、黒騎士は背後に跳ぶことで難なく躱される。

「【連鎖詠唱：尽く凍て貫け】！」

そこをリンファの精霊術による氷塊の雨が襲うも、それら全てを黒騎士は斬り払うことで防いで見せた。

束の間の睨み合い。

鮮烈な攻防を以て、迷宮守護者との戦いが幕を開けた。

◆

守護者、黒騎士の甲冑は全身を隈《くま》なく覆っており、その硬度は生半可ではない。何度か斬りつけたが、俺の魔力リソースではほんの少しの傷をつけるだけだった。狙うとすれば関節部なのだが……。

飛来する氷塊を黒騎士が斬り払った瞬間、その伸びきった腕関節を狙って逆袈裟《ぎゃくけさ》斬りを放つ。

黒騎士はそれに対し、剣を手放し肘打ちで対応してくる。硬質な金属音と共に火花が散る。

肘を振り抜きながらの半回転、黒騎士は左手で落とした大剣を回収する。俺は弾かれるまま後ろに跳び、追撃の大剣をすんでのところで回避した。

「くそ……！」

関節狙いを理解しているのか、こうして的確に処理されてしまう。

そんな展開を繰り返して、どれほどの時間が経過したのか。迷宮守護者に対して未だに有効打のひとつも与えることができないままでいた。

既に疲弊が隠し切れない俺たちに対して、黒騎士の動きには一切の陰りも見られない。

こちらも致命傷だけは避けられているが、それはひとえにレティーナの奮戦によるところが大きかった。

その突出した格闘能力がこの迷宮の道中にも成長を続けた彼女は、徒手空拳にもかかわらず黒騎士の剣技と渡り合ってみせている。少々の傷なら自己回復できることも相まって、彼女が最も黒騎士の行動を制限できていた。

これによりマリーメアは治癒を俺のみに絞ることができ、なんとか今まで持ちこたえられている。

「はぁ……はぁ……！　これならどうです⁉」

何度目かも分からないレティーナの突撃。

フェイントまで織り交ぜ、その剣を掻《か》い潜《くぐ》り懐《ふところ》まで入り込んだレティーナに、しかし黒騎士は動じない。

「ッ⁉　そんな――きゃあ⁉」

大木を切り倒し、数多の魔物を屠ってきた蹴撃を黒騎士は手刀で迎撃、お返しとばかりに放たれた回し蹴りをレティーナはまともに受け、吹き飛ばされる。

「レティ姉っ！　……このぉ‼」

迫る聖魔法を黒騎士は一瞥すらせずに斬り払った。

目の前の光景に俺は知らず歯噛みする。強いのは分かっていたつもりだが、まさかここまでとは……！

今までの強敵とは明確に違う種別の強さ。その単純な力の強さだけではない、高精度の戦闘技術をこの守護者は有していた。

このままではじり貧だ……！

こういう時、得てして悪いことというのは立て続けに起こる。

「……っ、もう、魔力が……！」

呻くマリーメア。

レティーナが一瞬距離を離されたことに加え、マリーメアの魔力切れ。魔法による弾幕が薄れた隙を逃す黒騎士ではなかった。

「くっ⁉　【連鎖詠唱：尽く凍て貫け】！」

狙いを付けられたリンファが迎撃を試みるが、無理やりにでも仕留めるつもりなのか、少々の被弾は無視して突き進む。

「行かせるか……！」

当然それをそのまま見過ごすなどあり得ない。脚部に身体強化を集中させ、死に物狂いで黒騎士に追いすがる。

だが、それこそが黒騎士の真の狙いだった。

突然の急制動、黒騎士はその首をぐりん、とこちらに向けた。

「しまっ……⁉」

迫る死の刃。黒騎士を止めることに全力、いや全力以上をかけた俺の肉体はこの強烈な緩急に対応しきれない。

視界を鮮血が迸《ほとばし》った。

「アデム――ッ‼」

◆

まただ。

その身を切り裂かれ、襤褸《ぼろ》雑巾のように転がされるアデムの姿を前に、リンファは見ていることしかできないでいた。

自らの失態で、彼を命の危機に晒した時。それを赦《ゆる》され、救われた時。

もう、二度と足を引っ張るまいと。次こそは助けになってみせるとそう誓ったはずなのに。

そんな後悔に襲われて、一瞬の放心に迫った暗い影。その凶刃がアデムと同じように自分を切り裂かんとして。

甲高い音と共に止められた。

それは爪だった。まるで獣が持つような鋭い爪。それが二対十本、交差して辛うじて黒騎士の重い斬撃を受け止めていた。

「何呆《ほう》けてやがんだ！　です！」

果たして、目の前で黒騎士の剣を受け止めてみせたのはマリーメアだった。激しく動いたことでいつも被っていたヴェールが宙に舞い、頭部の猫耳が露わになる。

それは獣人種の固有能力、獣化を行使した姿であった。

本来は獣人がより獣に近い姿となり身体能力を飛躍的に上昇させる技術だが、マリーメアのそれは混血ゆえの限定的な変身に留まっていた。

それでも、その上昇値はばかにならないらしく、ぎりぎりではあるが黒騎士の攻撃を止め切れていた。

目を白黒させているうちにも事態は動く。

「ぐ、ぬぬ……！」

刹那《せつな》の拮抗《きっこう》を力任せに押し込もうと黒騎士が力を込める寸前、飛び込んできたレティーナのタックルが黒騎士を捉えた。この戦いが始まって以来、初めてのクリーンヒットだった。

「リンファ様！　今のうちに立て直しを！」

「あ……で、でもアデムが」

「あいつはまだ生きてる！　です！」

マリーメアの言葉にアデムの方を見るリンファ。

血の海に沈みながらも、アデムは何とか立ち上がろうと身じろぎをしていた。

生きている――！

リンファの心を蝕《むしば》んだ絶望が引いていき、代わりに湧き出る闘志。

確かにアデムはまだ生きているが、早く治療しなければ命を落とすのは時間の問題だ。

そのためには一刻も早く眼前の迷宮守護者を倒さねばならない。

レティーナとマリーメアの波状攻撃によって稼がれた時間で距離を取る。

しかし、そのためにはどうすればいい？　今の自分の術では奴を倒すことはできない……！

――お姉ちゃん。

そんな時だった。自分を呼ぶ、そんな懐かしい声が聞こえたのは。

「え？」

異変はすぐ。傍を漂う精霊、ユノに起こった。

光の玉はその輝きを強めたかと思うと、その存在をみるみる拡大させていく。

ひと際つよい輝きに目を細め、再び直視した時、彼女はその姿を一変させていた。

儚《はかな》さを感じさせる真白の肌、若葉色の瞳。髪はややその白みを増しているような気がするが、その姿は見まがうはずもない、生前のユノに他ならなかった。

「ユノ……なのか？」

『うん、お姉ちゃん……私だよ。やっと、またちゃんと話せたね』

泣き笑いのような顔で応じるユノ。その声もまた薄れかけた記憶を思い起こさせる、生前のそれと相違なかった。

「ど、どうして、どういう……!?」

『私にもよく分かんないんだ……でもひとつ言えるのは』

ユノは今も戦うレティーナたちに視線を移した。

『今ならやれるってことだよ！』

今ならやれる。ユノとリンファの間を凄まじいまでの魔力が渦巻く。

「こ、これは……！」

『いくよ、お姉ちゃん！　アデムさんと生きて帰ってデートするんでしょ!?』

「で、でっ!?　……いや、そうだな。あいつを倒して！　皆で帰るんだ！」

荒々しいまでの魔力は、極めて緻密な制御によって求められた形をとる。

上級精霊術——！

肉弾戦を続けるレティーナとマリーメアが振り払われた直後、凄まじい量の氷柱《つらら》が黒騎士に殺到する。

「【氷炎よ凍て荒べ《アイシクルインフェルノ》】！」

黒騎士はそれを先ほどまでのように、剣で叩き落とそうとし、

「!?」

爆裂した氷柱によってその身を大きく傾がせた。

残りの氷柱に対して黒騎士はもはや防御はもちろん回避行動もとれない。

轟音、轟音、轟音。

無数の氷柱による連鎖爆撃が空間を揺らす。

「いける……！　これなら！」

『決めるよ！　お姉ちゃん！』

それ以上の言葉はいらなかった。これまで培った確かな姉妹の絆《きずな》が、その術を発現させる。

残った魔力、そのすべてを、ありったけを――。

「レティーナ！　マリーメア！」

「――っ！」

リンファの呼びかけに、こちらを見て瞠目《どうもく》したふたりだったが、すぐに状況を解して更に距離を取る。残されたのは未だ動けぬ黒騎士のみ。

歪《ゆが》む空間。

極限まで練られた魔力が空間を震わせる。

やがて顕現するのは青白く光る大火球。

差すは光条。堕《お》つるは滅亡。

それこそは精霊術の秘奥がひとつ。極大魔法。

「『【流星よ、堕つて輝け《ミーティア》】!!』!!」

「――――!!」

極大の破壊そのものが黒騎士を呑み込んだ。

広間に吹きすさぶ破壊の余波を身を屈めてやり過ごす。ここが迷宮ではないただの建造物や洞窟であったなら間違いなく崩落は免れていなかった。それほどの破壊。

そんなものが直撃したのだ。いかな迷宮守護者とてひとたまりも――

『うそ』

絞り出したような、ユノの声。

晴れた土煙の先を見て、リンファらもまた。

リンファとユノによる極大精霊術によって全身を覆っていた鎧《よろい》は大半が溶解し、隠されていたその顔貌を露わにしていた。

暗い眼窩には虚無が広がり、ところどころが煤《すす》けた体表には肉も皮もない。即ちそれは人の骸《むくろ》だった。

だがそんなことはどうでもいい。それほどの変化。黒騎士だったそれの肩甲骨辺りからは巨大な腕のようなものが二本、飛び出していた。

異形。それは異形の骸だった。

あまりの光景に、一瞬動けなかった三人だが、誰からともなく追撃にかかろうとする。変貌は気になるがあれだけの術を食らった以上、さして余裕はないはず、と。

結論から言って、それは甘い希望論に過ぎなかった。

無造作に振るわれた異形の巨腕によって、マリーメアが打ち払われる。

「ぐぎッ——!?」

「マリーッ!?　うぐッ!?」

ゴム毬《まり》のように地面を跳ね転がるマリーメアに続き、レティーナもその薙ぎ払いの餌食になる。

「くっ、ユノ！　もう、いち、ど——？」

『お姉ちゃん!?』

リンファもまた、先の極大精霊術によって魔力を使い果たし、限界を迎えていた。魔力の回復を急いだことで、魔素酔いを起こす。

「ここ、まで……なの、か……？」

『っ……私だけでも！』

そう言って単独で精霊術を行使するユノだが、精霊術士はふたりでひとつ。単独ではその真価を発揮できない。極大魔法すら耐えきった守護者には到底、決定打たりえない。

霞む視界にまだ抗わんとひとり食い下がるレティーナが映る。

だが、元々の剣に加え、二対の巨腕までをひとりで相手取るのは不可能だった。

絶体絶命。明確な死の未来。

今度こそ全滅を覚悟したその時だった。

その巨腕のひとつが、斬れ飛んだ。

そしてリンファはその姿を見た。

あの日自分を救った英雄の、見慣れた背中を。

「悪い、待たせた」

アデムが異形と対峙《たいじ》していた。

◆

後衛を襲おうとした黒騎士を止めようとした際。

ほぼ無防備な状態で浴びた強烈な斬撃。咄嗟に身を捩ったことで奇跡的に即死こそ免れたものの、傷が深すぎた。

流れ続ける血に死の気配が刻々と近づくのを感じる。

窮地においてリンファが放った極大の精霊術でさえ、やつを倒すには至らなかった。それどころかやつは隠していた力を解放し、さらなる絶望を見せつける。

「かはッ――――!?」

巨腕によって払われたマリーメアが間近に撥《は》ね飛ばされた時、なけなしの力で彼女を受け止めたのはほとんど反射だった。

「ぐっ……！」

傷の痛みに意識が遠のきかける。

マリーメアは命に別状はないものの、足が嫌な方向に曲がっていた。完全に折れている。

「な、何してる、です⁉　お前、そんな体で……⁉」

「つい……癖、かな……」

「癖って……」

泣きそうな顔でこちらを見つめるマリーメア。

「……足、治さ、ないのか」

「足なんかよりお前の方が！　……でももう、魔力が……！　マリーのせいだ、マリーのせいで、みんな死んじゃう……！」

「そ、んな……こと、は」

いよいよ涙を零し始めるマリーメア。つい、何となく。その頬に触れようとして、腕が上がりきらずにだらりと下がる。手がマリーメアの衣服に引っかかった。

その拍子に、それは転がり落ちてきた。

「こ、れは……」

何らかの液体が満たされた小瓶。

俺たちがこの領域に飛ばされた原因たる遺物。

その中身が何なのか。こういった霊薬の類は先刻拾った腕輪型の遺物と違って、専門的な技能や設備なしでは効果を判別できない。下手をすれば非常に毒性の高い劇物である可能性があるし、そうでなくとも摂取量を誤って命を落とす場合もある。

だが、ことこの場面に至っては、賭けに出るほかなかった。どのみち何もしなければこのまま死ぬしかない。ならば、この遺物がせめて回復薬の類であることを願うしかない。

俺は小瓶を拾い上げ、血を失いすぎて細かに震える手で栓を抜き、中身を一気に呷《あお》った。

「お、おい、何を……」

「……んく、……が、ぁあぁぁッ!?」

瞬間、体内を焼くような凄まじい熱が全身を襲う。

熱い、熱い熱い痛い熱い熱い痛いあついあついあついいいたい──────!

「な!? おい、大丈夫か、です!?」

切り裂かれた傷などもはや気にならないほどの苦痛に、気が狂いそうになりながら身もだえる。

毒物。賭けに負けた。ここで死ぬ。そんな後悔と無念が渦巻く中、どれほどの時間が経ったか。熱は唐突に、ぴたりと消えた。

「……？」

とうとう頭がおかしくなって、痛みも感じなくなったのか。

それにしては、何かが。

いつもと違う、違和感。体がまるで自分のものではないかのような。

これは――！

それを認識した時、俺はまずマリーメアの骨折箇所に手を添えた。途端、柔らかな光がマリーメアの足のみならず全身を包み込んで、その傷を癒やす。

「は――!?」

驚愕の表情を浮かべたマリーメアが何事か口にしようとした時、既に俺は身を起こし、地を蹴り駆け出していた。

瞬《まばた》きの間すらなく、異形の守護者へと到達し、振るう剣は巨腕を容易《たやす》く斬り落とした。

さっきまでの倦怠感《けんたいかん》が嘘のように体が軽い。傷はとうに塞がった。鮮明な視界に全能感にも似た感覚が満ちる。

今、この身には。

――確かな魔力が宿っていた。

「悪い、待たせた」

「――アデム！」

リンファの声に軽く手をかざしてみせる。

「アデム様……！」

泣きそうな顔のレティーナは全身が傷だらけだった。自己治癒を満足に行うこともできないまでに消耗しており、とっくに限界が近かったのだ。

「よく頑張ったな。あとは任せてくれ」

そう言って、俺はレティーナにも治癒魔法をかける。

「治癒魔法……!? で、でもアデム様は剣士……っ、アデム様！ 後ろ——え？」

残ったもう一方の巨腕。それが俺に辿り着く寸前、支えを失ってあらぬ方向へと飛んで落ちる。

レティーナの治療を終え、やっと俺はまともに守護者の方を向いた。

二本もの腕を半ばから断たれた守護者は、大きく身震いをすると、その切断面から新たな腕を生やしてみせた。

そうして、金属を擦り合わせたような不快な絶叫を上げる。怒りか、それともそれ以外の何かか。

何にせよ、この戦いが始まって守護者が見せる初めての感情的な行動だった。

「余裕がなくなってきたんじゃないか？」

俺の言葉を理解しているのかどうかは分からないが、まるで図星でも突かれたかのように襲い掛かってくる。

風を切り、唸りを上げて迫るふたつの拳。掠《かす》っただけでも体が砕け散るのではないかという、それを俺は紙一重、ギリギリを見極めて回避する。

ここまで肉薄してしまえば、あの巨腕は取り回しの悪い重石《おもし》になりさがる。

上等とばかりに大剣を構える守護者。その変わらぬ剛剣を俺は己が剣で迎え撃った。

激しい衝撃音が響く。

眼球のない落ち窪んだ眼窩が、動揺に揺れた気がした。

膂力で遥《はる》かに劣り、受け流すしかなかったはずの守護者の剣を俺は正面から受け止め、抑え込んでいた。

拮抗。いや、押し切れる――！

今まで、その魔力の少なさゆえに局所的、瞬間的にしか扱えなかった身体強化を始めとする術式を、俺は全開にして使用していた。

何しろ初めて扱う魔力量だ。慣れない配分に振り回されないように慎重に操作していたが……。

「慣れてきた」

「――!?」

グン、と。守護者の剣が圧される。

巨腕が引き戻される気配。このまま抱き潰そうという肚《はら》か。しかし。

「その判断は、」

手にした剣が輝き出す。薄く、しかしどこまでも濃く。圧縮に圧縮を重ねた魔力を剣に纏わせる。

俺の剣が、黒騎士の持つ大剣にめり込んだ。

「もう遅いッ！」

瞬間、細く伸びる極光と共に俺は剣を振り抜いた。

イン――。

どこか涼やかな音が鳴り、俺は静かに剣を構え直す。

遅れて響く鈍い音。

目の前に崩れた守護者はその身を縦に一刀両断されていた。動く気配は、ない。

満ちた静寂の中、俺は残心を解いた。

「……ふぅ、なんとかなっうお⁉」

「アデム様!!」

「うおぉ⁉」

飛び込んできたレティーナを何とか抱き留める。残心後の隙を狙った見事なタックルだった。

押し当てられた胸は普通なら幸福に感じるところかもしれないが、それ以上に強烈なパワーの締め付けでそれどころではない。この魔力がなければ殺《や》られていたかもしれない。

「れ、レティーナ、ちょっと力強い、かも……!」「あ、ご、ごめんなさいっ!」

慌てて身を離すレティーナだったが、触れるか触れないかで距離感は近いままだった。

「アデム……!」

『アデムさん!』

「リンファ、それに……ユノ、なのか?」

ぶった斬られた後もなんとなく状況は把握していたが、改めて見ると信じられない現象だった。

守護者を追い詰めかけたあの精霊術、それに目の前のユノが内包する魔力。それらは上位精霊のそれといって差し支えない。

この迷宮を探索する最中、高濃度の魔素に晒されながら魔力の急速回復を繰り返した結果か……？

にしてもこんなに急に、それもいきなり上位精霊とは。

『――ぁデムさん。アデムさん！　聞いてます!?』

「おぉっ？　す、すまん、ちょっと考え事してた。なんだ？」

『お姉ちゃんが魔素酔いを起こしちゃったので、治療して欲しいんです』

言われて、リンファに目を向けると確かに苦しそうにしている。

「すまん、気づかなかった。すぐ治す」

リンファの手を取って、魔塵を取り除いてやる。

「……君こそ、大丈夫なのか？　怪我は……!?」

「俺はほら、この通り」

言いながら、切り裂かれた衣服をめくって胸元を見せてみる。

「……本当だ、治ってる……マリーメアに治してもらったのか？」

「マリーじゃねー、です。むしろこいつにマリーも治してもらった、です」

「私もです。さっきのは治癒魔法ですよね？」

「一体何がどうなって……」

「そうだ、あの小瓶の中身を飲んだあと……あれは何だったんだ、です？」

「小瓶……？　もしかしてあの時の遺物、ですか？」

「あぁ。ダメもとで飲んだんだが当たりだったらしい」

「なるほど……そんなに凄い霊薬だったんだな、あれは……。どんな効果だったんだ？」

「あぁ、聞いて驚けよ？」

勿体《もったい》ぶった俺に、興味深げな視線が集中する。

「なんとあれは……魔力の増幅剤だったんだ！」

「魔力」

「増幅剤」

「……です？」

『？』

……あれ、何か反応鈍いな。

「えっと他の効果は？」

「いや多分それだけだな。少なくとも他の変化は感じられないし」

「ではそれほどまでに莫大な量の魔力が手に入ったということですか……!?」

え、総量はどうだろうな。並み以上にはなったと思うが……。

「んー……まあレティーナの半分くらいは増えたかな？」

「えぇ？　わ、私の半分……ですか？」

「まあ凄いといえば……凄い、のか？」

『さあ……？』

「知らねー、です」

より微妙な空気になる面々。

な、何でだよ！　凄いことだろ！　魔力が手に入るんだぞ？　俺にとってはまさに悲願に他ならないのに！

そう、悲願だ。

俺は人並みの魔力を手に入れたのだ……！

ようやく悲願が叶ったのだ。試したいことはいくらでもある。俺の冒険者生活はこれから真の始まりを迎えたんだ！

なのに今ひとつその喜びが伝わらない。温度差が凄かった。

釈然としないまま、粒子となって消え始める黒騎士の遺骸から魔晶石を始めとした戦利品を回収する。鈍色《にび》に輝く大剣はどうやら遺物だったらしく、還元化の予兆は見せずに残り続けているが、残念ながら俺が諸共斬ってしまったせいで真っ二つになってしまった。一応持って帰るか……。

「さて、さっさと起動し、て……？」

回収が済めば、いよいよここに居残っている理由もない。迷宮核石を利用して帰還陣を敷く。

「アデム？」

あれ、何だ。視界が、歪ん、で……。

「ぅお……」

どうしようもない虚脱感に襲われたと思うと、視界が反転。その場に倒れ込んでしまったらしい。

「アデム様!?」

「アデム!?」

なんかここ最近、こんなんばっかりだな……。滲《にじ》む視界の中、ぼんやりと、そんなことを思いながら、俺の意識はゆっくりと暗転していった。

エピローグ
epilogue

「……ん……」

目覚めてまず感じたのは差し込むような眩《まぶ》しさ。朝日だろうか。

この流れは分かるぞ。目を開くとお馴染《なじ》み、ギルド医務室の天井——

「あ」

「え」

ではなく超至近距離の虚《うつ》ろな目をしたホムラと目が合った。

次の瞬間、昏《くら》い瞳が揺れたかと思うとぶわ、と涙が溢《あふ》れ出した。

「あでむざぁぁんっ……！　よがっだぁ……！」

「ちょ、かかってるかかってる……」

滂沱《ぼうだ》の涙が全部俺の顔面に直撃してきてる。滝行かな？

いや、何だ、どういう状況？　というか眩しいな⁉　どんだけ明るいんだよこの部屋⁉

「あ、アデムの声⁉　目が覚めたのか⁉　……ぐぅ、何も見えない！」

「リンファか？　これはどういう……⁉」

リンファは手で目元を覆いながら、こちらを見ようと頑張っていた。……。あー、これは……。

「それが、急に倒れた君をここまで連れ帰ったんだが、外傷もないのにどうしても起きなくて……そこでそこの……ホムラさんが、来て……」

「あー、うん大体わかった。あれか、これまた俺光ってるわけね」

目覚めない俺に対して、いつぞやのように治癒魔法をかけまくった、と……いや、にしても光りすぎじゃないか。前の比じゃないぞこの眩しさは。

「……どれくらいかけ続けてたんだ」

「多分、二時間くらい……？」

二時間⁉　そんなにかけ続けて魔力持つもん⁉　というか流石《さすが》に止めろよ！

「あ、アデムさん、目覚めたっすか⁉　良かったっす！」

「本当、よかったわ、いろんな意味で……ほら、ホムラ。もう障壁を解きなさい？」

「し、障壁？」

ちょっと衝撃のワードに俺は未《いま》だ涙を流し続けるホムラを見る。

「だって、みんなが邪魔しようとするから……」

障壁に阻まれて誰も止められなかったのか……。いや、二時間障壁も維持してたってことか？　嘘《うそ》だろ？　俺は自分の頬が引きつるのを感じた。

「ま、まああれだ。おかげ……で？　目が覚めたよ、多分、うん……ありがとうなホムラ……」

言いつつ、俺は何の気なしに自身の状態を確認しようと魔力を操作して——

「ぁがッ……!?　あぁぁあぁ……!?」

「あ、あでむさん!?」

唐突にその身を苛《さいな》んだ激痛に身を跳ねさせた。例えるなら筋肉痛等級《ランク》Ｓ……！　体の内側から針で滅多刺しにでもされてるような……!?　遺物《アーティファクト》の副作用か……!?

しかし、実のところそんなことはどうでもよかった。いや、どうでもよくなる事実に気が付いてしまった。それは。

魔力量が、戻ってる。

あの時は満ち満ちていた魔力の総量が、無情にも元の量に戻っていた。

俺は呆然《ぼうぜん》として、ベッドの上でぐったりとする。

「ちょ、どうなったんだ!?　アデム、大丈夫なのか!?」

「いや、いやあぁぁぁ！　あでむさん！　死んじゃいやですぅ!!　【アークヒール】【アークヒール】

【アークヒール】うぅぅ!!」

「ちょ、ホムラ、落ち着きなさいってば……！　アデムさんも、大丈夫!?」

「眩しいっす！」

「あ、あの、色々持ってきたんですけど、これはどういう状況で……!?」

「うわっ、何か悪化してやがる、です！」

レティーナやマリーメアもやってきたらしく、いよいよ医務室は混沌《こんとん》を極め出した。

そんな喧騒《けんそう》の中で、俺は再びクソ雑魚《ざこ》魔力の逆戻りの失意に呑まれて脱力する。

ふて寝でもしてやろうかと思ったが、この騒がしさと眩しさではそれも厳しい。

騒がしくしている仲間たちを眺めながら、まあ皆無事で帰れたんだしそれでいいか、なんて考えて。

「ほら、ホムラ……俺は大丈夫だから……」

まずは医務室の静けさを取り戻すべく、奮闘することにした。

書き下ろし番外編

追憶：ディー・ラトアイル

ぐるり、反転する視界に青空が映る。

「かはッ……!?」

直後、受け身を取り切れなかった俺は、背中を強《したた》かに打ち付け悶《もだ》える。それでも何とか身を捩《ひね》り、うつ伏せになってから立ち上がろうとしたところを、そこそこの重量物が背中に勢いよくのしかかってきた。

「ぐえぇ！」

首だけを回して背を見やると、そこには今しがた俺を地面に叩《たた》きつけた張本人が俺の背に腰掛けて脚を組んでいた。

「なんじゃ、情けない声じゃのう」

頭部を飾る角に、腰から伸びる長い尾。極めつけは顔を覆い隠すような龍を模した仮面。見間違えようのない容貌のその女は、数少ないS等級《ランク》冒険者にしてタンデム冒険者ギルドの長、龍人エランツァ・ドラクゥリア。

俺は今、彼女から稽古《けいこ》をつけてもらっていたのだが、散々ボコられた末にぶん投げられてこの様《ざま》というわけだ。

「こ、この……！　どけ……！」

「受け身を失敗、その後ものんびりしとるからこうなるんじゃ」

「わぶっ……!?　や、やめろ！」

尾で顔面をぺちぺちと叩かれながら、エランツァを撥《は》ね除《の》けようと力を籠めるが、ビクともしない。

重量だけで考えれば持ち上がらないわけもないはずなのだが、上手く重心を押さえられているらしく、一向に立ち上がれる気配がない。

「かかっ、ほれほれどうした～？　この程度も持ち上げられんのかぁ～？　んん～？」

「ぐぬ、ぐぬぬ……！」

揶揄《からか》うような口調。今、仮面の奥を覗《のぞ》き込んだら、その目はさぞや愉快気に細められていることだろう。こちとら冒険者になって一年やそこらだというのに、とんだ加虐趣味だ。

それでも諦めず、懸命に足掻《あが》いている時だった。目の前に人影が躍り出た。

「おっと」

ズバンッ、という空気が破裂するような音と共に、エランツァの手に木剣の刃が収まった。

「アデムから、どいて」

「ディー!?」

エランツァに飛び掛かったのは、俺が現在組んでいる仲間にして幼馴染《おさなな じ》みの少女、ディーだった。

俺の番が終わるまでディーには待ってもらっていたのだが、俺のあまりのボコられようを見かねて飛び出してきてしまったらしい。

ディーは口調こそ平坦だが、その眠たげな瞳に怒気を湛《たた》え、エランツァを睨《にら》みつける。短めに揃《そろ》えられた青銀の髪も気持ち逆立っているような気がした。

「カカっ。どかしてみい」

「むっ……！」

俺を椅子《いす》にしたまま、エランツァが挑発するように言って、掴《つか》んでいた刃を手放す。瞬間、木剣が閃《ひらめ》く。それはまさに剣の嵐。恐ろしい速度の剣閃《けんせん》が連続してエランツァを襲う。

だがエランツァは動じず、そのすべてを尻尾《しっぽ》のみで捌《さば》ききっていた。その状態でもエランツァは両手で俺の重心を操作し続ける。立てない。

いや、むしろこの状況でうっかり立ったら頭上に展開された死の結界で粉微塵《こなみじん》にされそうなので、もう諦めて転がっていた方がいいのかもしれない。

「おわぁっ!?」

鞭《むち》のようにしなった尻尾が顔の真横を掠《かす》め、地面を抉《えぐ》る。俺の諦めを察したかのようなタイミングだった。

「何を手を抜いておるんじゃ、戯《たわ》け。しっかりやらんとこのまま持って帰ってしまうぞ?」

肩に添えられていた手が首元まで這《は》わされ、エランツァが顔を寄せてくる。面の奥で爛々《らんらん》と輝く金眼に息を呑《の》む。

「持って帰るって……どうする気だよ」

「そうじゃのう、いつものように家事と……最近朝晩寒いじゃろう？　……湯たんぽ代わりにでも──」

「～～～っ!!」

エランツァの言葉に被《かぶ》せるような言葉にならない絶叫。直後、頭上に紫電が迸《ほとばし》ったのと、背から重みが消えたのはほぼ同時のことだった。

閃光に目を灼《や》かれ、落雷染みた轟音《ごうおん》が耳朶《じだ》を打ち、耳鳴りが余韻のように鳴る。

な、何ごと……!?

「フーッ……！　フーッ……！」

「カカカっ、やればできるじゃないか」

荒い息を吐く幼馴染みの視線の先で、エランツァが満足気な笑い声を上げる。尻尾の先から白煙が燻《くすぶ》っていた。

俺は戒めから解かれた体をゆっくりと起こした。

「ディー、やはりお主は見込み大アリじゃ。……じゃが、その悪癖は治すべきじゃな」

「…………」

悪癖。具体的に何かをエランツァは口にしなかったが、ディーは自覚していることらしく僅《わず》かに苦い表情を作った。その後もつらつらと助言を述べると、エランツァは俺に向き直った。

「そしてアデム。お主は……」

言葉を区切り、一瞬の間。俺はこれから下されるエランツァの評価を待ち、唾を飲む。

「冒険者向いとらん」

「んなっ⁉」

あまりにあんまりな評に俺は目を剥《む》いた。

「転職を切に勧めるぞ。ギルド職員なぞどうじゃ」

「ならねぇよ⁉」

「我が家の家事手伝いも募集しておる」

「やらねぇよ‼」

そもそも、わざわざ転職するまでもなく、どっちもこうして稽古をつけてもらえるようになるまでに散々やらされたことだった。こいつ体《てい》のいい労働力を確保したいだけだろ。

「いいからさっきの手合わせの評価をくれよ！」

「しゃあないのぉ……まずその中途半端な身体強化はやめい。お主がやっても無意味じゃ」

「むぐ……」

中途半端……無意味……。

自分で促した手前あれだが、バッサリと切って捨てるようなもの言いにちょっと精神が削られた。

その後もあれがダメこれがダメと問題点をあげつらう。ディーとえらい差である。泣きそう。

「身のこなしは……まあまだマシじゃが、無駄が多い。じゃからそうじゃな……目じゃ」

「目？」

「目を大事にせい」

「いやそれだけじゃ意味が――」

「今日はここまでじゃ」

「え、まだちょっとしか……！」

「阿呆《あほう》、妾《わらわ》はこう見えて忙しいんじゃ。ギルド長じゃぞ」

「こう見えてって……」

どう見たら忙しいんだよ。サボり常習犯じゃねえか。

そもそも初対面の時からして、目撃情報を辿《たど》った先の飲み屋で昼間っから酌をしていたところを確保したのだから、まるで信用がない。俺は胡乱《うろん》な目を向けた。

「な、なんじゃその目は……とにかく、今日このまま続けても時間の無駄じゃ。続きが望みなら用意した依頼を処理してから出直すんじゃな」

それだけ言ってエランツァはそそくさと去ってしまった。

「ぐ……痛てて……！」

「アデム……！　大丈夫っ……!?」

「あぁ、何とか……」

あれだけ全身満遍なくボコボコにこそされたものの、大怪我と言えるような傷はひとつもない。そういった加減は完璧な辺り、流石《さすが》とでもいうべきなのか何なのか……。

「すぐ治す、ね……【ヒール】！」

ディーのかざした手から癒しの光が溢《あふ》れる。

「すまん、ディー……助かる」

「どう、いたしまして」

独特のテンポをした口調。あまり表情が豊かではない方な幼馴染みが、緩く微笑《ほほえ》む。

そのまま俺の全身に手際よく治癒魔法をかけ続けるディーをまじまじとみつめる。彼女の職《ジョブ》は魔剣士であり、治癒系統の魔法には補正は乗らない。

にもかかわらず本職と比べても遜色ない効果を涼しい顔で発揮してみせている。

先ほど見せたエランツァへの攻防といい、改めてハイスペックな幼馴染みだ……。たまに自分との差を再認識して悲しくなる。

「これで、よし……どうか、した？　私の顔、何かついてる……？」

治癒を終えたディーが俺の視線に気づいて小首を傾《かし》げ、自分の顔をぺたぺたと触る。

「いや、ディーは凄《すご》いよなって思って」

「？」

「治癒魔法も使えて、さっきの手合わせも一太刀報いてたし……俺なんて手も足も出ないで椅子にされたのにさ」

「私は、アデムの方が、凄いと思う」

「え、俺？」

「私は、アデムから教わったように、してるだけだから」

「いや、それは……」

俺が教えたことをしてるだけ。そうは言うが、実態としては俺では魔力が乏しすぎて実践できない魔術理論を代わりに実験してもらっているだけのことである。

それも尽《ことごと》くを完璧以上にこなしてみせるのだから、うん、やっぱりどう考えてもディーが凄いだけだな。

そう伝えると、ディーは微妙な表情で「むぅ……」と唸《うな》った。なんだその反応。もっと喜んでもよくない？

「……ま、そんなことより、また依頼をこなさないとな……」

「またあの人に、訓練してもらう、ため？」

「ああ」

エランツァは俺たちに稽古をつけるにあたっていくつかの条件を提示している。それはギルド業務の手伝いであったり、エランツァの身の回りの世話であったり、その時の気分次第で様々だ。

今回、エランツァは依頼と言っていた。依頼、この場合はギルドに持ち込まれる依頼の中でも達成が滞っているものを指す。

危険度や手間に対して報酬が割に合わなかったり、迷宮《ダンジョン》の環境が好まれなかったりと理由は多々あるが、そういった不人気依頼を処理してくれると助かる、ということらしい。

「……必要？」

「そりゃあ……必要だよ」

エランツァは見た目が怪しくて加虐趣味持ちのサボり魔だが、腐ってもタンデムでも数えるほどどしか存在しないS等級の冒険者だ。

そんな彼女からの教導の機会ともなれば、逃すわけにはいかない。

「……私、あの人のこと、好きじゃ、ない。アデムのこと、虐《いじ》めるし……」

「いや虐めって……まあ何か当たり強めではあるけどさ」

何だかんだ言ってもきっちり身になることは教えてくれている。ディーが自分のことを慮《おもんぱか》ってくれるのは嬉《うれ》しくもあるのだが、ひとまずエランツァとは良好な関係を構築したいので、我慢して欲しいところだった。

「……あと、そのくせアデムにちょっかい、かけようと、するし……」

「ちょっかい？」

「……なんでも、ない」

「あれだぞ、本当に嫌なら無理する必要はないぞ？　訓練もそうだし、依頼だって……」

「アデムが行くなら、私も、行く」

「お、おう」

珍しく力強い断言に、俺はそう返すしかなかった。

◆

鼻孔《びこう》をくすぐる甘やかな香り。そこかしこを彩る鮮やかな花々。

字面だけでは想像できないかもしれないが、今俺とディーは迷宮の内部にいる。

確かに地下へと進んでいるはずなのに、広大な空間は原理不明の光源によって照らされており、真昼を思わせるような明るさだ。

いよいよ迷宮感の薄い場所だが、そんな中にも違和感というか、隠し切れない不穏さが肌をピリつかせる。

名称を【蠱毒《こどく》の庭園】。

目的は無論エランツァご指名の依頼のためで、内容はこの迷宮で比較的よく発見できるコルビアという花を採取することだった。

「きれい……」

「見た目だけならな」

どんなに見てくれが幻想的でもここは迷宮。当然危険は存在するわけで……。

「おでましだな」

「……うぇ」

ディーが辟易《へきえき》したような声を小さく漏らす。

黒光りする外殻に六本の脚。体高は膝上ほどか。

それは巨大な蟻《あり》だった。それが十数匹。

迷宮の名称で察しがつくと思うが、ここに出現する魔物は主に虫系だった。もっと言うと毒虫。同時にこの依頼が中々受理されなかった理由でもある。

キモい、多い、毒。まあ最悪だな。俺も好きこのんで交戦したくない。

「ディー、いけるか？」

「だい、じょうぶ……」

やや渋い顔で頷《うなず》くディーに、無理はしなくていいと言い含めて剣を構えた。

きちきちと牙が音を立てる蟻の顔面に向けて、俺は剣を振り下ろす。

「っ、かって……！」

硬質な手応《てごた》え。蟻の頭部は若干へこみ、怯《ひる》みはしたが致命傷には程遠い。これは闇雲に攻撃してもダメだな……！

俺は蟻の噛《か》みつきを跳んで躱《かわ》し、そのまま落下に任せて頭部と胸を繋《つな》ぐ関節に剣を突き立てた。

確かな手応えと共に深く突き刺さった剣をぐい、と倒すと蟻の頭部は胴体と泣き別れて転がった。

残った胴体は往生際悪く蠢《うごめ》いてはいるものの、戦う力は残っていない。

「ディー、関節を――」

「え？」

有効な攻撃方法を伝えようと振り返った先で、ディーが蟻の頭部を剣でかち割っていた。

「……いや、なんでもない」

「？」

ディーは不思議そうな顔をしながら、続く二匹目の頭もかち割った。

ちょっと複雑な思いを抱きながら、俺は自分の倒すべき敵に集中する。

こうなればちょっとでかい蟻んこなぞものの数ではない。瞬《また》く間にその数を減らし、最後の一匹を倒した時だった。

「ひゃあぁっ？」

「ディー⁉」

ディーの悲鳴に振り向けば、彼女は地中から生えた何物かに絡めとられて持ち上げられていた。

「み、ミミズ⁉」

薄桃色の体表は湿り気を帯びてぬらりと光り、ひも状の長い体をうねらせるその姿はまごう方なきミミズだった。めっちゃでかいミミズ。キモい。

「……⁉　っ‼」

「おいおい……！」

さしものディーもそのあまりの気持ち悪さに口をぱくぱくさせて硬直してしまっている。

俺は即座に大ミミズを切り裂き、ディーの救出にあたった。

幸い、大ミミズの体は防御力に乏しく容易《たやす》く両断できた。支えを失ったことで縛《いまし》めから解放されたディーが落下してくる。

俺はその体を抱き留めた。

「おっと……！　大丈夫か⁉」

「う、うん、大丈……」

言いかけた言葉を途切れさせ、ディーが何かに気づいたような顔をする。

「……ディー？」

「大丈夫、じゃない」

「うん？」

「怖かった。慰めて」

「えぇ……？」

どう考えても怖がってる感のない様子でそんなことを宣《のたま》いながら、ディーはひし、と俺にしがみついてきた。

「いや、あの……ディー？」

「怖い」

「何がだよ」

「この世界の、不条理が」

中々壮大な恐怖だった。

結局、なかなか離れようとしないディーを宥《なだ》めるのに数分の時を要した。

「満足」

「満足ってなんだよ」

さっきから言動の怪しい幼馴染みに半眼を向けながら、俺は歩みを再開する。まあこの何かにつけて優秀な幼馴染みが不意打ちとはいえ不覚をとるのも珍しいことなので、見た目以上に動揺はあったのかもしれない。

そんな風に思いながら次に遭遇した魔物を蹴散らして、

「助けて」

「何してんのっ？」

ディーはまた大ミミズに捕まっていた。しかも今度は足を掴まれて逆さ吊《づ》りだった。

何というか、自分で対処できそうなものだが助けを求められた以上捨て置くわけにはいかない。俺は大ミミズを切り捨ててディーを救出する。

「恐怖」

「ぜってぇ嘘《うそ》だろ」

キャッチするや否やガッチリ俺をホールドする幼馴染みに俺はたまらず突っ込みを入れる。

その後もディーはミミズに捕まり続け、その度に俺に助けを求めた。というかなんでそんなディーばっかり狙われてるんだよ。しかも決まって戦闘終わりに。俺は一度も襲われてないぞ。

流石に訝《いぶか》しんだ俺は、ふと戦闘終了を待たずにディーの様子を見た。

「あ」

「……」

足元の土をどすどすと踏みつけるディーと目が合った。刹那《せつな》、その振動に反応したらしいミミズが飛び出して、ディーを捕獲した。

宙吊りにされてぶらぶらと揺れるディーと見つめ合う。

「……」

「…………」

「た、助けて」

「……………」

俺はディーと大ミミズに背を向けて先を急いだ。

◆

目的のコルビアの花は迷宮の水辺に咲くという特性がある。そして【蠱毒の庭園】において水辺はかなり奥まった所にしか存在しない。

浅い場所で採取できるなら長らく受注されずに残ったりはしなかったのだろうが……。

不快な虫の群を退け続け、やっとのことで辿り着いた水辺。

「あとは花を探すだけ、なんだが……」

「……」

目的地を前に俺とディーは、その場に立ち尽くしてげんなりとした表情を浮かべていた。

耳元に届く不快な羽音。赤く光る複眼。紫と黒の縞《しま》模様をした腹部からは鋭利な針が見え隠れしている。

巨大な蜂、名称を紫曜蜂《ショウバチ》。それが何匹も群れて飛び回っていた。

数は……どんくらいだろうな、これ。少なくとも二十は下らないか。

水辺に近づけば当然あれらは襲ってくる。花を探すには蜂どもは殲滅《せんめつ》しなければならない。

「どう、する……？」

「うーん……」

他の水辺を、と言いたいところだが、ここ以外の水辺もここより先にしかない。どのみち蜂の群は突破せねばならないのだ。

「……とりあえず戦ってみて無理だと思ったら即撤退しよう。それでいいか？」

「ん、分かった」

ディーの同意を得て、俺は蜂の縄張りへと足を踏み入れる。途端、俺たちに気づいた蜂がガチガチと牙を鳴らして警告音を立てる。

紫曜蜂。その動きは俊敏で、蜂らしく牙と毒針が主な攻撃手段だ。

毒に関してはあらかじめ解毒手段を用意してきているが、数に限りがある。食らわないに越したことはない。

何より蜂どもは飛行しているのが厄介だ。俺の職は剣士で、有効な飛び道具もほぼないので、どうしても受け身の構えにならざるを得ない。

ディーも前衛のくくりではあるが、魔剣士で攻撃魔法に適性がある。仮に適性のない職でもこの程度の敵なら撃ち落とすだけの魔法は使えそうだが……。

ともあれ、ここは俺が前衛として注意をひいて、ディーには中距離から援護や届かない敵への対処をしてもらうのが吉か。

「ディー！　援護頼む！」

言いながら、先頭の蜂目掛けて俺は駆け出した。

高く飛ばれると、こちらから仕掛ける術《すべ》がなくなる。先手を打ってできる限り数を減らし、後は敢《あ》えて向こうからの攻撃を誘ってカウンターを狙う！

算段を付けると共にまず一匹を叩き斬る。すぐさま距離を取って後続に囲まれないように注意し疑似的な一対一を心掛け、複数相手になりそうな時はディーの攻撃魔法で削ってもらう。

これならいけるか……？

戦略は上手く嵌《はま》り、順調に蜂の数も減らし、残り十匹かそこらの時だった。

「……っ！　アデム！」

迷宮に空いた横穴から紫曜蜂が溢れ出した。

それも数匹などではなく、数十匹の規模……！　更に最悪なことに、ちょうど俺とディーの間を分断する形で湧かれてしまった。これではディーの魔法による援護が期待できない。

必死の形相《ぎょうそう》でこちらに向かってくるディーが、蜂の群に遮られて視界から消える。

慮外の増援に対し、俺は身体強化のギアを引き上げて何とか対応するが、元より魔力の少ないこの身ではじり貧。この数相手ではすぐに限界は訪れる。

控えめに言っても絶体絶命の状態において、俺の頭はかえって冷静になっていた。

脳裏に過《よぎ》るのは先のエランツァが言い残した言葉。

目を大事にしろ。

エランツァは見た目が怪しくて加虐趣味持ちのサボり魔だが、冒険者としては超一流であり、その助言が的外れであったことは今のところない。

中途半端な身体強化。動きの無駄。

エランツァが伝えたかったことは何か。

そこまで考えた俺は、殺到する蜂の大群を前に、全身の身体強化を解除した。

◆

「――ふむ」

ギルド内の訓練場。

眼前の木剣を指先で抓《つま》んだエランツァが小さく感嘆の声を漏らす。

依頼をこなした対価としての稽古。今日この瞬間、俺は初めてエランツァに攻撃を防御させたのだ。

「どうやら意味は分かったらしいの」

「……お陰様でな」

あの場面において、俺のとった行動。それは身体強化術の局所化だった。

俺は今まで戦闘時、少ない魔力で全身に強化をかけて戦っていたが、それでは大量の敵相手に効果も継続可能時間もまるで足りなかった。

そこで俺は強化する箇所をある一か所に絞った。

その部位とは即《すなわ》ち目。

迫る無数の蜂、その動きを見切ることに全力を注いだのだ。

飛び回る相手を、しかも大量に相手取るにはそれしかなかった。今にして思えば、昨日、あの依頼を受けさせられたのは俺が助言の真意に気づけるようにという意図があったのだろう。

「まあそれでうっかり死にかけてりゃ世話ないんだが……」

「カカっ、ディーがおるんじゃ。死にゃあせん」

「……まあ」

エランツァの言葉に、俺は顔を顰《しか》めながら曖昧《あいまい》な首肯を返す。

実際、あの場面で俺が仮にエランツァの言葉の真意を察していなくても死ぬことはなかった。

何故《なぜ》か。

直後にディーが蜂の群を蹴散らして俺の元に辿り着いたからだ。

幼馴染みの優秀さは理解していたつもりであったが、俺はその底力を過小評価していたらしい。まさかあの数をものの十秒足らずで一点突破してのけるとは思っていなかった。

その後もディーは獅子奮迅《ししふんじん》の活躍を見せ、結果として俺たちは危なげなくあの場面を打破した。

ミミズで遊んでたやつと同一人物とは思えない……。

「どうだよ、これでも俺は冒険者に向いてないか？」

「……カカっ、ちっとばかし上手くいった程度で囀《さえず》りおる。まあ向いてないという言は撤回してやろう。向いてないこともないかもしれない可能性が若干芽生えたの」

「ん？　バカにされてる？」

俺の言葉にエランツァはもう一度「カカカっ」と愉快気に笑う。

「しかし実際ディーに比べてお主はまだまだもいいところじゃ。さっさと強くならんとそのうち愛想を尽かされるやもしれんぞ？」

「そんなことは、あり得ない」

即座に否定の言葉を挟んだのはディーだった。

ひどく真剣な眼差《まなざ》し。エランツァは肩を竦《すく》めた。

「まあよい、続きじゃ。どれ、今度はまとめてかかってこい。……特にディー、お主は本気でこい」

その言葉に俺とディーは顔を見合わせて頷き合う。


ディーが俺に愛想を尽かすことはない。

結論から言って、その言葉に一切の嘘偽りはなかった。

それでも、決別の日はやってくる。


すべては俺の弱さゆえに。

キャラクター紹介
characters

B等級冒険者
アデム・アルデモルト

迷宮都市タンデムの出身で、幼い頃から冒険者を志してきた。冒険者として必要な知識、技術を異常といえる領域で修めているが、肝心な魔力の総量が最底辺のため、自分ではそれらを活かすことが出来ない。その知識を活かして何かと訳ありな仲間を無自覚に魔改造していく。自分はアドバイスをしただけで、強くなったのは彼女たちの力だと思っている。

代々優れた精霊術士を輩出してきた名門貴族の生まれで、幼い頃から英才教育を施されてきた精霊術士。死んだ妹を己の契約精霊としており、そのことが原因で生家を追われている。放浪の末、タンデムで冒険者として生活し始めるが、自身の抱える欠陥と性格が災いしてパーティーから追い出される日々が続いていたところを主人公に拾われることとなる。

D等級冒険者
リンファ・レンドヴラード

A等級（相当）冒険者

レティーナ・フォンブレイ

神導教会に属する聖女。聖女の職を授かるも、治癒魔法を始めとする聖女としての技能がまともに扱えず、教会内でもある種の腫物扱いを受けている落ちこぼれ。聖女として果たすべき義務が果たせないことに悩む日々のなか、魔王発生の報せを聞き、自分にも何かできないか、あるいは自分を変えるために冒険者ギルドへと出向く。

アデムの元パーティーメンバー。防護魔法は一切の攻撃を通さず、回復魔法はどんな傷も治癒する。アデムには並々ならぬ敬意と憧れを抱いており、パーティーメンバーの中でも最もアデムを慕っている。アデムからパーティーを追い出されたのは自分に力がないからと思い込んでおり、いつかアデムに認めてもらうために一層励んでいる。

B等級冒険者

ホムラ・ミストラム

B等級冒険者
エルシャ・カーマイア

アデムの元パーティーメンバー。ホムラ、ゲルドの３人でのパーティーとなってからは、アデムに代わりリーダーを務めている。元々騒がしいパーティーメンバーをまとめていたためにすんなりと受け入れた。騒ぎがちのホムラ、陽キャのゲルド、トラブルメーカーのアデムのお尻を叩く苦労人枠。

アデムの元パーティー
メンバー。パーティー
の盛り上げ隊長であり、
悪ノリが過ぎてアデム
やエルシャに怒られる
こともしばしば。魔術
師のわりに鍛えていて、
戦う際は俊敏に動き回
りながら得意の魔法を
繰り出す。主に炎属性
の魔法を好んで使うが、
他にも雷・風属性の魔
法も使うことができる。

B 等級冒険者
ゲルド・ブローム

あとがき

Afterword

はじめまして、縁日夕と申します。この度は拙作を手にとってただき誠にありがとうございます。私は本作が初めての出版経験となりますので、当然あとがきというのも初の体験となります。はて、いったい何を書いたものか……。

とりあえず、この作品の執筆経緯でも語らせていただこうと思います。

学生の時分より読書が好きで、中でもライトノベルに傾倒していた私は常々自分でも何か作品を書いてみたいとは思っていました。そんなわけで某小説投稿サイトへの投稿を思い立ったのが数年前。ちなみに当時、執筆するにあたってプロットなどというものはなく、完全に行き当たりばったり。それでも当時の私にはその時のノリで何とでも書けるだろうという、根拠もない謎の自信に満ち満ちていました。

結論から言って、その小説は早々に行き詰りました。

まともな骨組みのないまま進んだ小説からは「なんでこうなってんだ……?」というような疑問が出るわ出るわ。そもそも迷宮が主な題材っぽい始まりなのに最初のエピソードが外で商隊の護衛任務ってなんなんだよ。あほかな?

結局、私は執筆を途中で投げ出しました。

その後、他の作品を書いてみたりはしたものの、思うような手ごたえは得られず、日々の忙しさを言い訳に再び筆を投げ……。

　環境が変わり、時間に余裕が出来た頃、私は再び筆を執りました。

　途中で投げてしまった最初の作品。今度こそそれをちゃんと書こう。プロットも自分なりにしっかりと作ってから、私は執筆に取り掛かりました。

　そうして書きあがった作品は本当にありがたいことに、多くの読者様に読まれ、こうして書籍化させていただく機会にも恵まれました。

　ただ、その上で得た教訓がひとつ。

　プロットは思うてる三倍書くべし。


　とまあ他愛ない話はここまでにして、最後にこの場を借りて謝辞を述べさせていただきたいと思います。

　素晴らしいイラストを描いてくださった、きんし先生。もはや私以上のキャラクター理解なのではと思うような完璧なデザインを頂く度、部屋でひとり、狂喜乱舞していました……！　リンファ可愛いよリンファ。これを少年だと思っていたアデムは眼科に行くべきです。

　書籍化のお声掛けを下さった出版社様に、担当編集者のM様。至らぬところばかりどころか、至らぬところそのもののような私にも、常に丁寧で的確な対応をしていただきました。

　製本に携わっていただいた多くの方々、そして何より今この文章を読んでいただいている読者の皆様。本当に、本当に、ありがとうございました！

　今回、得た教訓も活かしてこれから先、より面白い作品を創っていく所存です。再び皆様にご挨拶が出来るよう頑張りますので、今後もお付き合い頂ければ幸甚の至りです。

軍人少女、皇立魔法学園に潜入することになりました。

～乙女ゲーム？ そんなの聞いてませんけど？～

著：冬瀬　　イラスト：タムラヨウ

前世の記憶を駆使し、シアン皇国のエリート軍人として名を馳せるラゼ。次の任務は、セントリオール皇立魔法学園に潜入し、貴族様の未来を見守ること!?　キラキラな学園生活に戸惑うもなじんでいくラゼだが、突然友人のカーナが、「ここは乙女ゲームの世界、そして私は悪役令嬢」と言い出した！　しかも、最悪のシナリオは、ラゼももろとも破滅!?　その日から陰に日向にイベントを攻略していくが、ゲームにはない未知のフラグが発生して――。

ふつつかな悪女ではございますが

～雛宮蝶鼠とりかえ伝～

著：中村颯希　　イラスト：ゆき哉

『雛宮』――それは次代の妃を育成するため、五つの名家から姫君を集めた宮。次期皇后と呼び声も高く、蝶々のように美しい虚弱な雛女、玲琳は、それを妬んだ雛女、慧月に精神と身体を入れ替えられてしまう！　突如、そばかすだらけの鼠姫と呼ばれる嫌われ者、慧月の姿になってしまった玲琳。誰も信じてくれず、今まで優しくしてくれていた人達からは蔑まれ、劣悪な環境におかれるのだが……。大逆転後宮とりかえ伝、開幕！

仲間《なかま》が強《つよ》すぎてやることがないので全員追放《ぜんいんついほう》します。

え？ パーティーに戻《もど》りたいと言《い》われてもまだ早《はや》い

初出
「仲間が強すぎてやることがないので全員追放します。え？ パーティーに戻りたいと言われてもまだ早い」
小説投稿サイト「ハーメルン」で掲載

2025年2月5日　初版発行

著者　縁日《えんにち》　夕《ゆう》

イラスト　きんし

発行者：野内雅宏

発行所：株式会社一迅社
〒160-0022　東京都新宿区新宿3-1-13　京王新宿追分ビル5F
電話　03-5312-7432（編集）
電話　03-5312-6150（販売）
発売元：株式会社講談社（講談社・一迅社）

印刷・製本：大日本印刷株式会社

DTP：株式会社三協美術

装丁：伸童舎

ISBN 978-4-7580-9705-5

おたよりの宛先
〒160-0022　東京都新宿区新宿3-1-13　京王新宿追分ビル5F
株式会社一迅社　ノベル編集部
縁日　夕　先生・きんし　先生

ICHIJINSHA